책 읽는 사람을 꿈꾸며,

装画　채지민
「An Opened Door In The Field」
装丁　鈴木久美

他人の家　　目次

This Japanese edition is published by arrangement with
Changbi Publishers, Inc. through KL Management
in association with Japan UNI Agency, Inc.

This book is published with the support of
the Literature Translation Institute of Korea (LTI Korea).

四月の雪

本格的な雪になりそうな、雲行きの怪しい天気だった。僕たち夫婦はカフェにいた。妻に「家で話し合ったら、おかしくなりそうだから」と言われたからだ。二人で旅行しようと思って休暇を取ってあったが、結局どこにも出かけられず、休みはまだ何日も残っていた。

店員たちが時折、僕たちのほうを盗み見ては内輪でひそひそ話をしている。僕たちはたいして会話もせずに座っていた。それは家にいるときと同様で、外でも変わらなかった。とうとう僕は「そうしよう」と言い、妻は即座に軽くうなずいた。こうして僕たちは、五年四カ月の結婚生活にピリオドを打つという結論を出したのだった。思ったより時間が経過していて、雨が雪に変わりはじめていた。そして、慌てて家に帰った僕たちは、自宅の玄関前に座って僕たちを待っていたマリを発見したのだった。マリは写真で見るよりがっしりしていて、年ももっと上に見えた。「アニョンハッセヨ」。ぎこちない発音で挨拶(あいさつ)する明るい笑顔には、深くくっきりとしたしわが畝(うね)のように刻まれ、その溝に、雨なのか汗なのかわからないものが、みるみるうちに溜まった。


旅行者向けの民泊アプリでゲストの募集をかけたのは数カ月前のことだった。一時期ではあったが、世界各地の人たちと友だちになって、わが家に泊めたり彼らの家にお邪魔したりしながら、旅するように生きるのも悪くないと考えていたときがあったのだ。妻はこんなふうに言っていた。

「この場にいながら、世界中を旅することができるのよ！」

それで僕たちは、家の中や屋外の写真を何枚か撮り、アプリに掲載した。


ソウル中心部。地下鉄の駅から徒歩七分のきれいなマンション。

毎日、タオル交換あり、あっさりした韓国式の朝食付き。

ソウルの旅を積極的にお手伝いします。

ぜひ韓国にお越しください。


意外にもたくさんの反響があった。文字どおり世界各地からメッセージが届き、最も問い合わせが多かったのは日本と中国からで、東南アジア、ヨーロッパ、ラテンアメリカや中東、さらにはアフリカからも泊めてほしいという連絡があった。ある意味、まったく現実味のない出来事だった。妻は毎日のようにメッセージやメールを確認し、ラジオのＤＪみたいに各国の旅行者のプロフィールを読んで聞かせてくれた。その役目は妻の頭の中にある考えごとを忘れさせてくれていたようでもあった。そのときは、ちょっとのあいだ夫婦仲もよかったし、新しい未来を夢見たりもしていた。

マリ・クラウゼ
五十三歳、女性、フィンランド、ロヴァニエミ在住。
韓国にとても興味があります。
楽しい旅のチャンスを求めています。

マリの自己紹介はいたって平凡だった。写真で見たマリは、くすんだブロンドヘアに青い瞳の典型的な北欧女性だった。マリがフィンランド、それもロヴァニエミに住んでいるということに、妻は興味を抱いた様子だった。

「フィンランドから韓国に来ようと思うなんて、不思議ね。おまけにロヴァニエミって、サンタクロース村で有名なところでしょ。そんなところに住んでいるのに、ソウルに来たってつまらなくないかな」

「住んでいる人たちからしてみれば、そっちのほうがつまらないのかもしれないよ」

　僕は、何年か前にトーク番組のパネラーとしてテレビに出演していた、韓国通を自負するフィンランド人女性のことを例に出して、フィンランドにも韓国に興味がある人が稀（まれ）にいるんだろうと話した。妻はマリが一人旅だと知ると、こう言った。

「私にも、五十代でも一人旅する勇気があったらな。サンタクロース村なんかに行こうって思うような」

「このマリって人のところに行けばいいじゃないか。その頃はもう、この人も七十を越えてるだろうけど」

　僕たちはマリに返信した。マリは、一月中旬に一週間ほど、泊めてもらっても構わないかと訊（き）いてきて、僕たちはぜひと答えた。彼女の訪問を前に、妻と僕はマリとの会話用の話題リストを作ってみた。そうは言っても、フィンランドについての僕たちの知識なんて、キシリトールガムとか、フィンランド式サウナくらいがせいぜいだった。

　ところが一月、僕たちはマリと会えなかった。来韓予定の当日、マリから、個人的な事情で突然旅行をキャンセルすることになった、申し訳ない、という短いメールが送られてきたのだ。前日に大掃除を済ませ、食材もどっさり買い込んであって、そのメールを確認したときも、妻はマリをもてなす一皿目の韓国料理——キムチ炒飯（チャーハン）を作るためのキムチを刻んでいる最中だった。僕たちは不機嫌になり、妻は包丁を動かす手を止めた。その日の夕飯はキムチ炒飯になりそこねたキムチチゲだった。必要以上に細かく刻まれたキムチと、ただ辛いだけのスープはあまりおいしくはなかった。

僕はマリに対し、マナーを欠いた行動を咎め、自分たちが大変な思いをしたことをなんとか説明しようと試みたが、他国の言葉では怒りを表すのも一苦労だった。苦心の末に完成させたメールの文面は、来ることができずに残念だが、次回、訪韓することがあれば、いつでもわが家を訪ねてきてほしいというものだった。何度書き直しても、好意にあふれたその文面のニュアンスは変わらず、結局、どうでもいいやと思い、本心とはかけ離れたメールを送信した。

その後も、わが家に泊まりに来たいという世界各地からのラブコールは途絶えなかった。けれども、僕たちの夫婦仲は再び急激に悪化していて、ほどなく妻はアプリの掲載文を削除した。

再びマリから連絡をもらったのは、彼女が韓国に到着する二日前のことだった。掲載を取り下げてからもうずいぶん経っていたし、その後、マリとは全く交流がなかったから、あまりにも想定外だった。マリは、韓国への到着は明後日の月曜日で、空港への出迎えは必要なく、自力でそちらまで訪ねていく、という内容のメールを、スマイルマークの絵文字付きで送ってきた。またも繰り返されたマリの一方的な通達に、僕と妻は開いた口が塞がらなかった。けれど、かつて送信したメールを今一度確認した結果、本当に察しが悪い人なら「いつでもわが家を訪ねてきてほしい」という言葉を額面通りに解釈することも、なくはないということで意見が一致し、辛うじて受け入れることになった。それはまるで「気になることがあればいつでもご連絡ください」という銀行員の言葉を真に受けて、深夜三時に自宅前に押しかけ、未決済他店券とはどういう意味かとドアをガンガン叩くのと同じような行為ではあったけれども。ともあれ、言ったからには責任を取らなくてはならず、しかもマリの到着予定時刻は夜だった。マリを泊めるのは一晩だけのつもりでいた。申し訳ないけれど連絡があまりにも急で、こちらにもいろいろ事情があるので他を当たってもらいたい、と言えばそれで済む。そのくせ、僕たちは最後の最後まで彼女が本当に現れるだろうとは思っていなかった。

妻がマリを部屋に案内しているあいだ、僕は準備しておいた言葉を切り出すタイミングを見計らっていた。けれど、夜も遅くなり、マリを二時間も外で待たせたことに対して、僕たちは軽い罪悪感を覚えていた。それについ三十分前、カフェで下した結論のせいで疲れ切ってもいた。

「明日、朝ご飯のときに話しましょう。韓国式の朝食付きって言っちゃったし、一食くらいはお出ししなくちゃ」

「この人のためにわざわざ一から作るの？」

「作り置きのカレーがあるから、韓国式じゃないけど。そのかわり、これ以上は泊められないっていう話は、明日、あなたからして」

マリに家の間取りとトイレの位置を英語で説明し、タオルを手渡しながら、僕たちはまったく違う話をしているかのように、何気ないふうを装ってそんな会話を交わした。

もうずいぶん前から、僕たちはそれぞれ別の部屋で寝るようになっていた。でも、その夜だけは一緒のベッドで寝ることにした。たった一晩だけのゲストにわざわざ別室で寝る夫婦の姿を見せることで生じる、好奇の目に耐えるほうが面倒だと思ったから。

久しぶりに背中合わせのぬくもりを感じながら、僕たちは暗闇の中でそれぞれ別々の場所を見つめていた。妻は深く規則正しい呼吸を続けていたけれど、すぐには寝付けないだろうと思った。案の定、僕のほうが先に目を閉じた。

翌日、ドアの隙間（すきま）から漏（も）れ聞こえてくる、英語のやりとりで目を覚ました。ほのかにカレーのにおいがする。

「韓国のカレーは本当においしいですね」

「韓国のカレーだからおいしいんじゃないんですよ。私のカレーだからですよ」

続けて、妻はえへへ、と笑った。久しぶりに笑った声を聞いたなと思いながら、僕はドアを開けた。

「やっと起きましたね。さあ一緒に食べましょう」

目が合うなり、マリは自分の家に来た客をもてなすように僕を迎えた。僕は妻の顔を見つめ、妻はもじもじしながら、やむを得ずマリに加勢した。

「そうよ、あなたも一緒に食べようよ」

朝食中に僕は、この一月の出来事を軽く非難しつつ、それを口実に他の宿を当たってくれという話を真正面からマリに切り出すつもりでいた。ところが「いくらなんでもあんなふうにドタキャンするなんてありえますか?」と、詰問するように言おうとした意図とは裏腹に、舌先をぐるぐる回して発せられた英語は「あなたは一月にやって来ませんでした」という、短いただの平叙文になってしまっていた。そしてマリはその言葉を「待っていたのに、いったいなぜ来なかったのですか」と、自分のいいように解釈したみたいだった。

「あのときはただ、ちょっと忙しかったんです。ごめんなさい」

手短に詫(わ)びるとすぐ、マリはもう一度、カレーがおいしいと妻の料理の腕を褒めそやした。用意したものと言っても、オイソバギ（キュウリに具をはさんだキムチ）をほんの数切れと、二日も置いたカレーだけだったが、妻は頬(ほお)を赤くしながらも、褒められてまんざらでもない様子だった。僕は僕で、マリの気さくで飾らない態度に、さっき狙(ねら)いを外してしまった発言の、軌道修正のチャンスをなかなか見つけられずにいた。

「いくらなんでも、三泊四日は短すぎじゃないですか？　最初は一週間、旅すると言ってませんでしたっけ」

マリが数日しか韓国に滞在しないという話を聞いて、僕は尋ねた。

「残りの日数がそれしかなくて。予定していた休暇を使い切ってしまったんです。ほかの場所で」

マリは「ほかの場所」と言ってから、浅く息を吐き出すと、静かに付け加えた。

「それでも、どうしても来たかったんです」

妻がフルーツを剝(む)いているあいだ、マリはソウルの小さなガイドマップを広げ、指で動線を描きながら、旅の計画を説明してくれた。

「まず今日は、北村韓屋村(プッチョンハノクマウル)に行くんです。それからあの有名な明洞(ミョンドン)の通りを見物して、南大門市場(ナムデムンシジャン)ではトッポッキを食べてみたくて。韓服(ハンボク)をレンタルして景福宮(キョンボックン)と昌徳宮(チャンドックン)も回ってみるつもりです。ソウルの街の真ん中に昔の宮殿が集まっているというのが不思議で見てみたくて。夜は、大学路（テハンノ）で舞台を観（み）ようかと。カロスキルや江南（カンナム）も有名だそうですが、どうも私の趣味じゃない気がするので、あえて寄ることもないかなと思っていて。明日は、徳寿宮（トクスグン）からスタートしようかなと。ソウル広場を通って、ずっと歩いて鐘路（チョンノ）から仁寺洞（インサドン）に行って、そこでお土産（みやげ）を買いこむつもりです。それからまた鐘路に戻って清渓川（チョンゲチョン）沿いを散歩するんです。忙しい一日になりそうだけれど、すべて歩いて行けるコースなのがいいですよね。夜は弘大（ホンデ）に行って、マッコリを一杯飲もうと思って。そして、明後日の最終日は、ディミヌエンドのコンサートに行く予定です」

「ディミヌエンド？」

妻が啞然（あぜん）として尋ねたが、マリの顔には嬉（うれ）しそうな表情が広がっていた。

「私、ディミヌエンドのコンサートを観るために韓国に来たんです。韓国語は全然わからないんですけど、歌の歌詞はほとんど暗記してますよ」

ディミヌエンドは五人組の男性アイドルグループだ。欧米でも人気だというのはよく耳にしていて知ってはいたが、フィンランドの五十代女性までも韓国に呼び寄せてしまうほどだとは思わなかった。マリがグループのリーダーであるヒューのファンだと言って、彼らの振り付けをちょっと真似（まね）しているあいだ、妻がフルーツを運んできて、僕の隣に座った。

「まいったな。話を切り出すタイミングがなかなかないよ」

僕は笑いながら何食わぬ顔で言った。

「まあね、だけど、話してみたら悪い人じゃなさそうね」

妻は、リンゴを一切れフォークで刺して、マリに差し出した。僕たちの会話を聞き取れないマリは「カッムサハムニダ！」と言いながらリンゴを受け取った。彼女が知っている韓国語は「アンニョンハセヨ」と「カムサハムニダ」だけのようだった。

「うちに泊めてあげようっていうのかい？」

「たった三日だけっていうし、特に問題なさそうじゃない？　もう一日経っちゃったから、残りは二晩だけだもの。しかも、うんと遠くから来てるんだし」

まるでイチゴを薦(すす)めて、と言われたみたいに、僕はマリのほうに恭(うやうや)しくイチゴの載った皿を差し出した。

マリが出かけたあと、家の中は再びしんとなった。昨日の妻との会話が蘇(よみがえ)り、すると、滞在期間の長さに関係なく、マリが家に泊まること自体が負担に思えてきた。僕は、夫婦が別れるために必要な、現実的な手続きを頭に描いてみた。書類を揃(そろ)え、両方の家族に知らせ、家や家具を配分し、処分して……だが、それらのことを経て、すべてが片づいたとしても、僕の気持ちが軽くなるとは到底思えなかった。複雑な心境の僕とは対照的に、妻はうきうきした表情で慌ただしく服を着替えていた。

「出かけるの？」

「買い出ししなくちゃ。何も食べるものがないでしょ」

何をわかりきったことを、とでも言いたげな、嫌み交じりの答えが返ってきた。妻は普段の買い物はネットでしていて、たまのスーパーでの買い物は僕が担当している。それなのに、どうしたことか妻は買い物に出かけようとしていた。大丈夫だからと、妻に何度も断わられながらも僕は同行を買って出た。スーパーで出くわすかもしれない光景のせいで、妻が危険な状況に置かれるのは嫌だったから。

昨日から降りだした雪がゆっくりと積もりはじめていた。もう少ししたら、足元からキュッキュッと音が聞こえてきそうだった。僕たちは何の感想も述べることなく、ただ黙々と歩いた。四月に雪が降るのは異例のことに違いないが、ここ数年は春の雪に何度も見舞われていたから、さほど驚くようなことでもない。

店内は閑散として、恐れていたことは何も起こらなかった。付き合って間もない恋人同士のような妙な緊張感が漂う中、僕たちは互いに相手への気配りを怠らなかった。僕は、妻が押していたカートをそっと自分のほうに引き寄せて、彼女が自由に見て回れるようにした。妻は何を作ろうかと頭を悩ませ、僕は、ワカメスープ、テンジャンチゲ、サバの塩焼きを順に提案したが、妻がカートにボンと入れたのは、生の丸鶏肉のパックだった。

「タクチム（鶏肉の煮物）に決めた」

　そう言って、僕の意見を黙殺したことへのお詫びの印なのか、軽く舌をペロッと出すと、顎（あご）をしゃくって先に歩いていってしまった。

　レジに近づいたとき、どこかからディミヌエンドの新曲が流れてきた。単調な音の繰り返しで、ただテンポが速いだけの音楽が、騒音のように耳を刺す。歌詞は一言も聞き取れない。勝手に替え歌にして、今朝マリがダイニングテーブルの前で見せてくれたヘンテコなダンスを真似たら、妻はプッ、と噴き出した。


　タクチムは上々の出来だった。マリは感心して絶賛しまくり、妻にレシピを尋ね、和気あいあいとした雰囲気になった。マリはその日一日の旅の写真を見せてくれたが、雪の古宮（コグン）をバックにした写真はどれも素敵だった。その合間合間に、いったいなぜ撮ったのかよくわからない写真も目についた。自販機やロッテリアの看板、マンション団地の前に建てられた野暮ったい建造物といった、よく目にするなんてことないもの。いずれにしても、写真に収められているのはどれも雪景色で、だからまったく四月らしくなかった。

「フィンランドも四月に雪が降るんですか？」

　妻の質問にマリはうなずいた。

「どこに行っても雪ですよ。特に私が住んでいるところは、一年の半分以上が雪に覆われているんです」

ロヴァニエミの話が出ると、途端に妻が目を輝かせた。

「サンタ村にも行かれたことがあるんでしょうね」

「行くだなんて、私、そこで働いているんですよ」

「本当に？」

「人口は四万にも満たないけれど、年間、百万人以上の人が訪れるんです。それこそ世界中の観光客がひっきりなしに。年中、サンタクロースに会えるし、希望すればトナカイにも乗れるんです。私は土産物屋で働いているんですよ。そこではありとあらゆるクリスマスグッズが売られていて。ときどき、サンタの奥さん役もやるんです。もちろんシフト制なので、別の奥さんが何人かいますけどね。じつはサンタさんって浮気者なんです。それでもサンタに手紙を送れば、百パーセント返事が届くことを保証しますよ。十人以上のサンタの秘書たちが、世界各国から届く大事な手紙を丁寧に仕分けして、サンタに渡すからです」

「本当に行ってみたいなぁ」

妻は子どものようにはしゃいだ。マリがサンタ村のガイドのように微笑んだ。

「いつでも歓迎しますよ。サンタ村は一年三六五日、オープンしていますから。本当に、一年中クリスマスみたいな場所なんですよ」

　なかなか楽しい夜だった。マリは僕たちに個人的な質問はしなかったし、僕たちも彼女のことをあえてあれこれ詮索したりはしなかった。彼女には相手をリラックスさせる飾らない魅力があって、気の置けない会話が続いた。思ったとおり、話題は韓国とフィンランドについてのさまざまなこと、つまり、キシリトールとかフィンランド式サウナ、キムチや犬肉なんかの範疇を超えることはなかったけれども。

　眠る前、妻はマリとの会話を何度も反芻しては饒舌になった。マリの独特なイントネーションや大きなお尻、顎の下に生えたひげのことを話し、くすくすと忍び笑いをした。そのくせ、悪口じゃないと強調したいのか、何か言うたびに「いい人そうね」と歌のサビのように繰り返した。ともあれ、妻が誰かのことをこんなに長々と話すのは、その人に好感を持ったという証拠だったし、妻の口数が増えたのはいい兆候だったから、僕は一生懸命、話に耳を傾けながら、適度に相槌を打っていた。

「うちに連泊してもらって、正解だったかも」

　眠そうな声で、ついに妻が結論を下した。

「そう思うんなら、よかった」

　僕は手を伸ばし、指先で妻の手の甲をやさしく叩いた。

朝、妻とマリがぼそぼそ会話する声と、ドアを開け閉めする音に、一瞬僕は目を覚ましたが、再び寝入ってしまった。起きたときにはすでに誰も家にいなくて、ダイニングテーブルに妻のメモが置いてあるだけだった。彼女はときどきこんなふうに書き置きするのを好んだ。

マリにソウルを案内するついでに、一緒に出かけてくるね。あなたも誘おうかと思ったけど、ぐっすり眠ってるみたいだったから、起こさなかった。
夜、弘大(ホンデ)で飲もうかと思うんだけど、その気があれば一緒にどうぞ。

メモの最後に大きなスマイルマークが描かれていた。僕はカモメを連想させるそのスマイルに、しばらくじっと見入っていた。この陽気さを歓迎しつつも、一方では心配が先に立った。マリがつまらないことを尋ねないか、街の風景に妻を刺激するようなものがありはしないかと。僕は本心を隠したまま、妻に返信した。

楽しんできて。何かあったら連絡して。

テレビをつけるとニュースが流れていた。四月の大雪の話題一色だった。アナウンサーやリポーターは、咲きかけたまま凍(い)てついてしまった桜や、交通の乱れ、続出する雪道での事故などについて伝えながら、雪による混乱と無秩序を前にして色めきたっていた。カーテンをめくると、優に十センチ以上の積雪があって、窓の外は真っ白な雪景色が広がっていた。ニュースの浮(うわ)ついた様子とは対照的に、しんとしてひたすら平和だった。妻から、マリと一緒にスマホで撮った写真が何枚か送られてきた。おどけた表情でピースしている妻は、まるでマリと一緒にフィンランドからソウルに遊びに来た旅行客のようだった。

　僕は外に出て、ひとけもまばらな通りを歩いた。降りしきるぼたん雪のせいで、前がよく見えなかった。隅々まで、隙間があるところならどこにでも、雪は降り積もっていた。見慣れたものがすべてまったく違う姿になっていて、だから何もかもが特別に映った。僕は道端の公衆電話とその脇に停められたバイクを背景に写真を撮った。すると、自分までもが見知らぬ異国を一人、旅しているような気分になった。引き続き、誰も歩いていない白い道に足跡をつけながら、ゆっくりと前に進んでいった。振り向くと、ずっと遠くのほうにある僕の足跡は、すでにぼんやりとしたものになりつつあった。それはどことなく密(ひそ)やかで、少し物悲しかった。

夜、僕たちは弘大で落ち合った。三人で入った伝統酒場には、伽耶琴が奏でるクリスマスソングが流れ、誰もがクリスマスイブを迎えたかのような浮かれた表情だった。僕たちは、トトリムク（どんぐり粉の寒天）とチヂミをつつきながらお喋りし、杯を重ねた。ほんのり赤くなったマリは、一口お酒をすすると、唐突に質問をぶつけてきた。

「お二人の馴れ初めは？」

こうした個人的な質問をマリから受けるのは初めてだった。僕たちは一瞬ためらい、どちらが先に口を開くのかと、互いに様子を探りあった。結局、話しはじめたのは僕だった。ちゃんとした言葉や表現がなかなか出てこず、話すたびにつかえたけれど、伝えようとした内容は、大体こんなものだった。

「あれは梅雨時のことでした。大雨の日で。地下鉄で僕の向かいの席に彼女が座っていたんです。髪がすごく短くて、水色のTシャツに白い半ズボン、紐がほどけたスニーカーを履いていて。どことなく少年のようだったけれど、とてもかわいいと思ったんです。声をかけたくて、じっと見つめていたのに、いくつ駅を通過しても彼女は僕のほうを見てくれなかった。そしたら、一瞬、目を離した隙に消えてしまって。彼女がいた席には傘が残されていました。まるでシンデレラのガラスの靴みたいに。忘れ物センターに届けることもできたけれど、わざとそうしなかったんです。それからは、雨の日には必ずその傘を持って地下鉄に乗るようになって。またいつか会えるかもしれないって期待しながら」

　妻が割り込んで、僕からバトンを奪っていった。

「あの日、私はすっかりびしょ濡れで。見事な土砂降りの雨だったんですよ。それに傘を失くしてひどくがっかりして。初めて自分で絵付けしたハンドメイドの傘だったし、世界に一つしかないものでしたから。でもどうしようもないし、忘れるしかなくて。季節は冬になって、今日のように雪がこんこんと降りしきる日でした。近所のスーパーに卵を買いに行ったら、店の中から出てきた男の人がなんと私の傘をさして歩いて来るんです。傘を失くしたのは確かに地下鉄の中だったのに。あとから知ったことなんですけど、私たち、ご近所さん同士だったんです。私は追いかけていって、袖を引っ張りながら言いました。『あの、これ、私の傘なんですけど』。そしたら、彼がおどけるように笑いながら答えたんです。『じゃあ、どうしたらいいかな。僕、今、雪の中を歩きたくないんだけどな』って。仕方ないから訊いたんです。『じゃ、一緒にさしていきますか』ってね。どういうわけか、その日待ち合わせしていたみたいな親しみを感じたんです、彼に対して。そうやって私たちは一緒に傘をさして雪道を歩き、翌日には恋人同士になったというわけです」

「で、二年後に結婚して」

僕が付け加えた。

「そして何年か後に、こうして私に会ったわけですね」

そう言って、マリはしばらく僕たちをじっと見つめていたかと思うと、こう続けた。

「土産物屋で働いていると、毎日のようにたくさんのカップルや夫婦を目にするんです。一つ秘密を教えましょうか。みんな楽しそうに見えるけれども、私にはわかるんですよ。そのカップルが本当に幸せなのか、そうでないのか、愛しあっているのか、いないのか」

「サンタクロースが、いい子か悪い子かを一目で見抜くみたいにですか」

僕は訊いた。

「そういうことです。だから私、自信をもって言えるんです。あなたたちは、本当に愛しあっている、ってことを」

覚束（おぼつか）ない足取りで、僕たちは家に向かった。風は次第に強くなり、勢いを増して降ってくる雪は、動画のループ再生みたいに永遠に続くかのように思えた。薄手の春服の上に厚いコートをはおった若者たちが雪合戦をして、この風変わりな季節を存分に楽しんでいた。

数年前、バリ島に旅行したときのことを思い出す。一点の陰りもない、楽しい思い出ばかりで満たされた旅だった。僕たちは、おいしいものを食べて、のんびりと街を散策し、プール付きヴィラで泳ぎ、トロピカルフルーツのカクテルを飲んだ。周りからは新婚夫婦だと思われていて、あえて僕たちも否定しなかった。何もかもスタートに戻ったような気がしたからだった。

バリの自然は美しかった。樹木には分厚い大きな葉がふさふさと実のようにぶらさがり、色とりどりの美しい花々がそこかしこに、本当にどこにでも咲いていた。古びた家の前ですら、神様のためにしつらえたコンパクトな祭壇が花で飾られていた。彼らの国では花はそれだけ日常的なのだという。僕はガイドに、バリではいつ花が散るのかと尋ねてみた。ガイドは、妙な質問だというふうに小首をかしげた。

「バリにはいつでも花が咲いていますよ」

妻が不思議そうに、本当ですかと訊き返した。するとガイドは、少し考え込んで、こう言い直した。

「雨が降ると花が散ることもあります。だけど雨が上がると、またすぐに咲きはじめるんです。つまり、いつも咲いているのと同じというわけです」

僕たち夫婦を襲った出来事は、にわか雨のようなものだと思っていた。また花が咲きだすだろうと、バリでの時間のように何の心配もない日々がまたやってくるのだろうと。そして今、本当に久しぶりに、僕は再びすべてがよくなるかのような気持ちになっていた。

ベッドに横になったとき、僕は妻の耳元でそんなことを話して聞かせた。妻は「雪のせいかしらね」と、そっとささやいた。僕は妻の髪を撫(な)で、妻は抵抗しなかった。

目を覚ましたとき、家の中は奇妙なほど静まり返っていた。これ以上の寂寞(せきばく)は存在しないのではと思うほどの不快な静けさだった。嫌な予感に襲われて、僕はついに来るものが来たのだと、すべて終わってしまったのだと覚悟した。妻が永遠に僕の元を去ったか、もしくは死んでしまったのだと。ところがそんな想像にすら、僕はさほど動じなかった。おぞましいことなのに、どこかでせいせいしている自分がいた。

ドアを開けて寝室から出た。そして自分の予感が外れていたことを認めた。妻は涼しい顔でリビングに座り、大きな黒い布を広げて針仕事をしている。

「マリは早くに出かけたわ。コンサートは夜の七時からだけど、早朝から並ばないといけないからって」

妻は僕に目をくれることなく、独り言のようにつぶやいた。

僕は返事をせずに傍(かたわ)らに近づき、腰をかがめて彼女の手元を見下ろした。色とりどりの糸が雑然と布の上を走っていた。水をこぼしたみたいに、意味のない落書きみたいに。妻はただ為すすべもなく、布に針を刺したり抜いたりしているだけだった。

「出かけない？」

僕は妻の気を逸らすために提案した。

「そうね、気分転換でもしようかな」

意外にもあっさりと彼女が応じた。

かつて妻は工房でハンドメイドの雑貨や布小物をあれこれ制作していた。かわいらしいキリンやライオンなどの刺繍を入れた布を、カバンに仕立てて販売したり、大きなラグの上に星座や世界地図の刺繍を精巧に施したりしていた。忍耐力と素質がなければ難しい仕事だったが、妻はそこらへんにある端切れをいつもすてきな作品に仕上げていた。僕は、妻がぎゅっと口をつぐんでチクチクと丁寧に針を刺している姿が好きだった。その姿は平和そのもので、僕たちが安全かつ無事に過ごしていると思わせてくれた。

ところが、いつからか妻はおかしくなっていった。しょっちゅう針で指を刺し、指から血を溢れさせた。糸は下絵からはみ出し、とんでもない場所に不時着していた。それでも妻はやめなかった。熱心さは加速し、目的もなく、昼夜問わず、呪いをかけられたアラクネ（ギリシャ神話に登場するすぐれた織り手の女性）みたいに、ひたすら針を持つ手を動かした。そうするほどに、布地に施された装飾はだんだんと形を失っていった。妻は、それらすべてに意味があるのだと言ったが、自分が何を表現しようとしているのかは、うまく説明できなかった。僕はだんだんと妻の針仕事に苦痛を覚えるようになった。針を持つ妻の姿を見ているうちに、窒息しそうな恐ろしさに押しつぶされていった。

もう雪は降っていなかった。静止したようだった世界も再び少しずつ動きだしている。どこからともなく、花の香りをかすかに乗せた風がすうっと吹いてきた。妻が風の吹く方を向く。

「雪が降ってるほうが、きれいだったのにな」

僕たちは外で食事し、近所の映画館で上映中のコメディ映画を観た。途中で何度か妻をちらっと覗(のぞ)き見た。口をもぐもぐさせながらポップコーンを口に運び続け、たびたび爆笑していた。僕は妻の手を握り、上映終了まで僕たちは手を離さずにいた。

外に出たとき、辺りはすでに暗くなっていた。雪は急速に解けだしている。半分以上、元の姿を現した通りは、どことなく味気なく、雑然として見えた。

「マリは今頃、コンサートだろうね」

僕のその言葉を最後に、二人とも黙り込んだ。道端の公衆電話ボックスが目に入る。割れたガラスに土埃(つちぼこり)の混じった汚水が流れ落ち、真っ黒なしみがついていて、その前に古いバイクが一台停まっていた。黒いジャケット姿の男がバイクのステップに片足を乗せたまま、タバコをぷかぷか吸っている。数日前、僕が撮影した場所だった。そのことに気づくまで少し時間がかかり、気づいた途端、何とも名状しがたい気分が押し寄せてきた。

突然、妻が立ち止まった。前を横切る女性に視線が向いている。インディゴのワンピースにアイボリーのカーディガンをはおったその女性は、風船のようにふくらんだお腹（なか）に片手を当て、もう一方の手を娘と思われる女の子に取られたまま、ゆったりと歩いていた。三つか四つくらいの女の子は、リボンがついたピンクの靴でぴょんぴょん跳ねながら、足元が覚束ない母親に、早く来てと駄々をこねていた。

妻に二言三言、話しかけた。何の話だったかはよく覚えていない。雪の話題だったか、バイクや公衆電話のことだったか。実際どんな話だろうと関係なかったに違いない。僕が何だかんだ話しかけたところで、どのみち妻は何も答えなかったはずだから。

家に着くとすぐ、妻は黙々と夕食の準備に取り掛かった。ところがテーブルに着くなり、自分は食べないと宣言したかと思うと、リビングに座って布を広げ、再び無言で針仕事を始めてしまった。喉（のど）通りの悪いご飯を僕が口の中で咀嚼（そしゃく）して飲み込む音だけが、家中に響き渡った。

　夜が更けてきても、妻は針仕事の手を休める気配がなかった。深夜零時に近づいたとき、ついに僕は妻のそばに行き、不快感を露わにした。

「いつまでそんなふうにしてるつもりなんだい？　食事くらいしないと」

「食事？」

　妻が口をとがらせて訊き返した。

「食事を、なんでとらないといけないの」

「昼食のあとから何も口にしていないだろう。ずっとそんなふうにしてたら、体を壊すよ」

「はぁ……」

　妻がため息をついた。

「体？　そうね、私の体」

　妻が針を持つ手を止め、僕のほうを見た。強い嘲笑が滲んだ眼差しだった。僕はしまったと思ったが、すでに妻はあの話を始めていた。

「私の体にあなたが何をしてくれたのか、言ってあげましょうか？」

　やめよう、という言葉が喉元で渦巻いたが、口には出さずじまいだった。言ったところで無駄だとわかっていた。

「私は、検査なんか受けたくないって、言い続けてたのよね」

楽しい話を聞かせでもするかのように、妻は喋った。

「お腹の子に異常がないかどうかなんて、私にとっては重要じゃなかった。それなのに、あなたはそうは思っていなくて、結局、私はあなたの意向に従って、羊水を採取するしかなかった。医者は、検査中ずっと超音波で胎児を見ているから心配ないって言ったわ。でも、あの巨大な針がお腹を突き刺して入ってきたとき、私は見たの。お腹の子がぴくっと動くのを。嘘（うそ）じゃない、驚いたようにほんの一瞬、もがいてた」

　朗らかだった表情は影を潜（ひそ）め、口元に冷ややかな気配が滲んだ。妻はキッと僕を見た。ぶちまけられる話に拍車がかかる。思い出したくもない記憶の数々が——何の手を打つ間もなく一瞬にしてその身に降りかかってきた数々の出来事が、あの日の夕方以降、命の精髄が体外にどくどくと流れ落ちたシーンが、休みなく動く口から一つ残らず再生された。

「そしてどうなったかわかる？　私は子どもを産んだ。あなたと私の子を、すでに死んでしまった私たちの赤ちゃんを、九時間もの陣痛の末にね」

　妻は乱れた呼吸を止めて体を震わせる。女たちの泣き叫ぶ声が絶え間なく耳に響く。それがやむと、生まれたばかりの赤ん坊たちの泣き声が続く。妻の乳房は張り、服の上に丸い跡をつけた。そうするあいだも出血は止まらなかった。妻が笑いだす。

「そして、私がまた手術室に入っているあいだ、あなたがあれほどこだわって受けさせた検査結果が出たの」

「もういいから」

弱々しい声で僕はボソボソと言い続けた。あるいは心の中で繰り返していただけで、何も言っていなかったのかもしれない。妻は仕返しするように笑みを浮かべながら、くどくどと続けた。

「そして、それから、私の体にどんなことが起こったのかしらね？　あなたが体を壊すから食事をしろと言っている、私の体に……」

「僕はただ二人が幸せになれたらって思っただけなんだ」

静かに僕は言った。

幸せ。妻がその言葉をつぶやいた。

「むしろ、私は二人が最初から不幸だったらよかったのにって思う」

散々聞かされてきた話だった。てにをは一つ欠けることなく、この数年間、そっくりそのまま、ときには毎日毎日繰り返されてきた話。僕は自分にできることはすべてやろうと努力した。二人でカウンセリングを受け、一緒に通院し、引っ越しもした。会社の近くに住まいを移し、家でできることを増やしてみたりもした。妻は回復の兆（きざ）しを見せることもあった。そんなときは、何事もなかったかのように、これ以上ないほどうまくいった。だが、じつはそんな瞬間のほうが僕を不安に陥(おとしい)れた。たちまちすべてが元通りになり、再び妻は僕を憎むだろうとわかっていたから。

些細(ささい)なことにも妻はすぐに刺激を受けて、突然、豹変(ひょうへん)した。いくら煽(あお)られても顔色一つ変えない僕を呪い、嘲笑(あざわら)った。そうして疲れ果てると、決まったように離婚を要求した。それだけは絶対にできないと言い張っていた僕だったが、いつしか同意するようになっていた。いともたやすく「ああ、そうだね」と。それすら結局は空虚な言葉でしかないということを、どうせ僕たちは別れられないということを、わかっていたからだった。僕たちは一つの悪夢をただ永遠に繰り返しているだけだった。

妻が泣きだした。声を上げて、獣(けもの)が泣き叫ぶように全身で苦しみを表して、体を掻(か)きむしった。僕は黙ってその場に立っていた。彼女のことなど、見えも聞こえもしないかのように。とうとうこれ以上、耐えられなくなったとき、僕は玄関のドアを開けて階段を駆け下りていた。そして、踊り場で凍り付いたように立ち尽くすマリに出くわした。

「ほかのところに泊まります。荷物はあとでいいので、何とかなりますから」

マリがおろおろしながら言った。

「すみません、僕は……」

やっとの思いで喉から絞り出した声が、弱々しくかすれた。

「大丈夫ですよ。私、何を言っているかわかりませんでしたから。本当です。何も聞き取れませんでした。だから大丈夫ですよ」

マリの弁解に交じるものが労(いたわ)りだと気づいた瞬間、僕は両手で顔を覆い、どうすることもできずに、すすり泣きはじめた。堪(こら)えようとしても、声がどんどん外にこぼれ出ていった。誰もが僕たちの話を知っていた。ここの住人も、スーパーの従業員もカフェの店員たちも。

マリは上手く僕を外へと連れ出してくれた。僕は子どものようにマリにもたれ、体を預けた。僕たちは少し歩き、マンション団地の入口にあるベンチに座った。体の震えがゆっくりと収まっていくまで、彼女はじっと待っていてくれた。

「コンサートは楽しかったですか？」

ひんやりとした空気に体の熱が冷めていく頃、ようやく僕は口を開いた。その言葉に、マリは忘れていたことを思い出したかのように、大きく目を見開いた。

「ああ、コンサート……」

マリは長いため息を吐き出した。

「私、コンサートには行かなかったんです」

「どうして？　そのために韓国に来たんじゃないですか」

「……そうでしたね。観に行こうと思っていました。でも会場に行く途中で、雪はもうこれ以上降らないって気づいて。すでに解けはじめていましたから。そしたら雪がないところを歩いてみたいと思ったんです。滞在中、ずっと雪だったじゃないですか。韓国は雪に覆われた場所、という記憶だけを持ち帰るのは、なんだか惜しい気がしてしまって。雪だったら、私が住んでいるところにだってたくさんありますから。だから、私、ただあてもなく気の向くままに歩いたんです」

マリは軽く笑みを浮かべた。それはどことなく悲しげで、僕がそうさせたような気がして申し訳なくなった。

「もともと私、一月に来るつもりでいましたよね。だけど、それが……」

マリは一瞬、口ごもると、ささやくように言った。

「……ただ私はあのとき、来ることができなかったんです」

彼女が何度か短く息を吸い、泣くのを堪えていることに僕も気づいた。マリはしばらく呼吸を整えていて、僕はそんな彼女を黙って見守っていた。

「今回、あなたたちに、前もって行くとは伝えませんでしたよね。出発直前にメールを一通送っただけで。だから別のところに泊まらないといけないかもしれないと思っていました。実際、その可能性のほうが高かった。だけど私、何となく、あなたたちは歓迎してくれるんじゃないかって、そう信じたかったんです。それが一時（いっとき）の思い込みだとしても、サンタクロースの笑顔のようなものだとしても、です……」

千鳥足で通り過ぎる酔っ払いの男が、団地中に聞こえるような大声で歌を歌っていた。その歌はマリの涙を止め、いつしか僕たちはその滅茶苦茶な歌に耳を傾けていた。

「うちの近所で見かけるのと似たような光景ですね。雪がやんだ夜は必ずと言っていいほど、どこからともなく見知らぬ人が出てきて、へんてこな歌を熱唱したりするんです」

男の歌声が遠ざかった頃、マリがそう言った。潤（うる）みを含んだ語尾のあとに、小さな笑い声が続いた。

「フィンランドでも、そんなことがあるんですか」

僕が尋ねる。

マリはゆっくりとうなずく。

「もちろん、ごく普通にあることです。じつはこういうことは、どこにでもあることなんですよ」

僕たちは、ほとんど雪が消えかけている通りを黙って見つめた。冷え込んだ、冬でも春でもない季節が、どっちつかずに広がっている。でも、その姿もみっともないばかりではないと、ふっと思った。

怪物たち

父さんを、殺す。今日の、夜。オレたちの手で。

国旗への敬礼（国旗への宣誓文と曲に合わせ、右手を左胸に当て国旗に注目する儀礼。子どもたちも宣誓文の暗誦を練習したりする）が終わって、国歌斉唱を始めたときも、女の頭の中には相変わらずその文字がちらついていた。黒いペンで書かれているのに、どこかくすんだ赤みを感じさせる文字。血書のように力いっぱい書かれた、歪（ゆが）んだくせ字。信じられない内容を何のためらいもなく殴り書きしたのは、いったいどっちだろう。上の子？　それとも下の子？　オレたち、と来たら、両方だろう。やりかねない、あの子たちなら。

サビの部分を歌っていたとき、最後の園児が到着した。入園したての子で、朝の会に出るのは初めてだった。

「まだおしゃべりもできないのに、もう愛国朝会（週一や月一で園児全員を集めて行う朝の会）なんてするんですか」

　手のひらほどの靴を脱がせながら、子どもの母親が不思議そうに尋ねた。すべすべした頬の両脇にぶらさがったイヤリングが、動くたびに小さく揺れる。

「そうすることで子どもたちも自然と礼儀作法を身につけて、国歌も覚えるんですよ。学校に上がってから覚えようとしても、けっこう大変なんですよ」

　女は、母親が床に下ろしたシルバーのエナメルバッグにぼんやりと映りこんだ自分の顔を見ながら、やさしく答えた。目を見て話すより、物を見て話すほうが慣れている。母親が、子どもの頬に軽くチュッとすると立ち上がった。

「ママにごあいさつしようね」

　女は子どもの背中を押してペッコプインサ（両手をおへそのあたりに添えて深々とお辞儀する挨拶）をさせようとした。子どもが上の空でぺこっと頭を下げると、母親はかわいらしいというように微笑んで、ドアの向こうに消えた。バッグがドアのあいだにはさまったので、もう一度開けて、またドアを閉める羽目になったけれど。

　いつもどおり忙しかった。片手に二人ずつ子どもを連れて、団地内のお散歩ルートを歩かせ、列から離れる子がいれば連れ戻した。建ってまもない新築のマンション団地だった。価格が高く未入居の部屋も多いとのことだった。敷地内を散歩すると、いつも城内を歩いている気分になった。永遠に主にはなれない城。

　子どもたちを引率して戻ってきた女は、一人ずつ手を洗わせ、おむつを替えてやり、全員座らせると、童謡を歌って聞かせた。それから、小さなカラー粘土を配って遊ばせた。粘土を口に入れないよう注意を促す合間にも、騒音が耳に飛び込んでくる。ぐずぐず言ったり泣きわめいたりする声が、一瞬でも途切れようものなら、またすぐに別のところから聞こえてくる。一人で八人もの園児を世話しなくてはならず、ほとんどが二歳にも満たない子どもたちだった。

「先生一人で十五人くらい受け持つ園だって、いくらでもあるんですよ。保育園の先生が子どもにひどいことしたっていうニュースもときどきあるでしょう？　だいたいがそういう園で起こるの。フウ、この程度ならまだマシなほうなんですよ」

面接のとき、園長にそう言われた。時間と労力を費やして取得した保育士免許だった。それなのに、園長が提示した給料は女が思っていたよりもずっと少ない額だった。

女は時計ばかり見ていた。たっぷり働いたと思ったのに、まだ昼になっていなかった。おぞましい内容を記した文字が、また静かに脳裏に蘇る。いいわ。あの子たち二人が書いたとしよう。夫は子どもに殺されるほど悪い人間だったの？　それはそうと、どうやって殺すというんだろう？　ナイフで刺して？　首を絞めて？　じゃなければ、窓から突き落として？　それより、これからどうしよう？　次々と疑問が頭に浮かび、女はそのどれにも答えることができない。

ノートを覗き見るのは、誰にも言えない趣味だったが、悪意はなかった。もっとも、母親が子どもに悪意など抱けるわけもないが。表紙に年度が無骨に印字された黒いノート——どこにでもある大きめのスケジュール帳にすぎなかった。それは本棚の隅で遠慮がちに、すり減った角の部分をちらっと覗かせていた。女は見てはいけないものを見つけたように、体を小さく震わせた。次の瞬間には、ノートがその白い裸体を彼女の前にさらけだしていた。意味不明の単語がばらばらに並んでいる。何のためのノートなのかさっぱりわからない。強いて言うなら、日記と落書きの中間くらいと言えばいいんだろうか。

妙なことに息子たちはノートを共有していた。メシ食うか、いつ？　あとで、誰もいないとき、サバの煮たやつ、なまぐせえ、といった短い言葉がそれぞれ違う色のペンで会話風に書き込まれていた。退屈な学校生活、成績、お気に入りの女性タレント、何だかよくわからない絵、それに、男同士でしか通じない幼稚な武勇伝まで。女は、もう見ないと自分に言い聞かせたが、部屋の掃除をすると決まって、つまり、ほぼ毎日のように、ノートを広げた。

高校生になったばかりの双子の息子たちと言葉を交わさなくなってから、もうずいぶん経つ。彼らにとって、女は朝晩の食事を用意し、小遣いをくれるだけの存在にすぎなかった。彼女は「母さん」と呼ばれていたが、「母さん」のあとに続く用件のほとんどが、その二つのうちのどちらかか、あるいは似たような類(たぐい)のことだった。女は、ノートの中身を見ることは息子たちとの会話のようなものなのだと、自らを慰めた。それは決して会話ではないことはわかっていたが、それでもそう信じるのをやめなかった。そう思い込むことが、頻繁にノートを開く勇気をもたらしてくれた。

子どもたちが、自分たちの父親——女の夫を好きではないのは明らかだった。夫は、もはや子どもたちに対してほとんど父親の役目を果たせずにいた。足を怪我(けが)してハンドルを握らなくなってからは、ますますそうだった。酒に酔って階段からちょっと転げ落ちただけなのに、足は一向に回復の兆(きざ)しを見せなかった。今後は半永久的にこうして生きることになるかもしれません、という医師の言葉は、ほどなくして現実のものとなった。

どこかから夫が足をひきずって現れると、子どもたちは洞窟のような暗い部屋に逃げ込んだ。すると、夫はしめしめ邪魔者が消えたとばかりに、テレビをつけ、体を伸ばして横になる。女はいつも板挟みになり、子どもたちと夫のあいだをうまく取り持つことができなかった。女がやったことは、役に立たなくなった夫の代わりに、お金を稼いでくることだけだった。

夫は何もできず、もはや不要だった。子どもたちは、本当に父親がいなくなればいいのにと考えたのかもしれなかった。ノートに書かれたあれらの文字が、本心だということだけは疑う余地がない。気になるのは、本当に、今夜それが、実行されるのかということだった。本当に。子どもたちは。自分たちの父親を。殺すのだろうか？殺す、という単語を胸の内で繰り返すと、女は小さく身震いした。

大便の臭いが強く漂ってきた。園児のズボンの裾（すそ）からウンチが漏（も）れている。女は急いでウエットティッシュとおむつを持って、その子に駆け寄った。おむつを外すとき、別の園児がお尻を突き出してウンコ、ウンコとぐずった。いつだってこうだ。手こずらせる出来事は、常に一時（いちどき）に押し寄せる。

給食の時間だった。園児のネームシールが貼られたトレイには、きびご飯とほうれん草のナムル、鶏（とり）とじゃがいもの煮物が仕切りごとにきれいに盛り付けてあった。女は調理室から食事を受け取るとすぐ、おかずを全部ご飯の上にかけてぐちゃぐちゃとかき混ぜた。そうでもしなければ、大勢の子どもたちをたった一人で食べさせるのは無理だった。女の前には八人の子どもが横一列に座っている。地べたに座った女はお尻で体を移動させながら、一口ずつ、子どもの口にスプーンを入れて食べさせた。ふとしたはずみに表情や声に苛立（いらだ）ちが滲（にじ）み出ると、子どもたちは必ずやっていたことをやめて、女の顔をじっと見た。女は、まだ言葉も話せない子どもたちに毎日、腹の内を見透かされるのが嫌だった。女の気持ちに気づいていても、子どもたちが言葉で言い表せないのが、まだ救いと言えば救いだった。

給食を終えてトレイを一カ所に集めると、女は調理室に運んでいった。今度は自分の昼食を終えたばかりの他のクラスの先生と交替し、自分もすぐにお昼をとらなければならない。そのとき、女の受け持ちのクラスの方からけたたましい悲鳴が聞こえてきた。女は声がする方へ飛んでいった。一人の園児がそっくり返って大声で泣きわめいている。小さな手からは血がぽたぽたとこぼれている。ふとした隙（すき）に子どもたちが転んだり怪我したりするのは、どうにも防ぎようがない。つい先日も、床にあったおもちゃの上にひっくり返って、額（ひたい）に黒いあざをつくった子どもがいた。一瞬の出来事なので、親もある程度は理解してくれる。だが今回はやや事態が深刻だった。ごく薄い爪（つめ）がはがれかけて、そのあいだから肉が見え隠れしていた。

女はぽかんと口を開けたまま、天井の隅に設置された防犯カメラを見上げた。それはどこからでも彼女を見おろしていた。十六人の親がすぐさま現れて、映像を見せろと要求するかもしれない。原則、保育士がいない場所に子どもたちを放置することは、あってはならなかった。園長は困り果てた表情で、こういう場合は、まず親に連絡するのが一番だと言った。

ほどなくして、怪我した園児の母親が慌てて駆けつけてきた。昼寝をしていたのか、腫(は)れぼったい顔に、髪をひっつめたままで。確認した結果、子どもがいじっていた木製ドアの端のささくれが爪のあいだに食い込んで、怪我をしたようだった。母親は突然のアクシデントに見舞われたわが子をぎゅっと抱きしめながら、怒りをまき散らした。うちの子にはアレルギーがあるからと何度もお願いしたのにエビ入りの炒(チャー)飯(ハン)を食べさせた、ということから始まり、これまで溜(た)め込んでいた不満を次々と並べたてた。こんなところには子どもを預けられないと大声を出し、そのせいで子どもはさらに大きな声で泣きだした。園長が母親をなだめるあいだ、女は平身低頭して謝った。その母親は自分より十五は年下に見えた。女がその年齢だった頃、彼女はやっと小学生だったはずだ。そのとき、まだ若さが残っていたそのとき、自分は何をしていたのだろう。女は、過去のある時期に記憶を遡(さかのぼ)らせた。

そこには自分が立っていた。結婚したての、頬をほんのり赤く染めた女が。夫とは見合いだったが、どうにかこうにか夫婦らしい形になっていった。女は夫の帰りを待ちながら料理する時間が幸せだったし、静かに食事を済ませ、洗い物をする時間を愛していた。二人とも口数が少ないほうで、相手に無理な要求を押しつけるタイプではなかったから、特段、問題になることも起こらなかった。最初から情熱など不在だったし、だから色褪(いろあ)せることもないと思っていた。

ところが、平穏でさえも変質するということを女は時間の経過とともに感じるようになる。ぽつぽつと会話があった食卓も、時が経つにつれ、どこかぎこちなくなっていった。空回りした気流が心の内から拡散して、女はその虚しさの理由が何なのか、しょっちゅう思い煩わなくてはならなかった。

まわりからは子どもがいないからだと言われた。別に二人だけでもいいと思ったことはなく、子どもは自然に授かると思っていた。二日に一度、二人は義務的に関係を持った。だがその回数は緩やかに安定した下降曲線を描き、一年が過ぎると、週一度に減った。病院では何の問題もないと言われたが、女は焦りはじめた。二年過ぎると、回数は明らかにまばらになった。義務感が重くのしかかって、女の体が開かなかったり、男の体が反応しなかったりすることも多くなった。そうなるたびに脱力し、苦々しさを抱えたまま背を向けて横になり、目をつむるのだった。

女が夫に、医学の助けを借りないといけないのではと切り出した日から、二人の関係に本格的に亀裂が入りはじめた。人工的な方法で命を作り出すことは、すでに神の領域に手を染めているに等しいというのが夫の主張だった。それでも女はなんとか夫をなだめすかすことに成功し、二人は不妊治療専門の病院に定期的に足を運んだ。女はなぜ自分がこんなことをするのかわからなかった。漠然と、もっと完璧な何かを手にしたかっただけだった。平和と穏やかさの象徴、睦まじく完結した家族を。時に、さらなる完成のために無理することが、何もかもをすれ違わせるということをそのときはわかっていなかった。

何度かの人工授精が失敗に終わって、医師から体外受精を勧められたとき、夫はすでに疲れ切っていた。医師は、女の卵巣の老化は肉体のそれよりも早く、残っている卵子があまりないと告げた。急がなくてはならなかった。女は執着にも似た意地で、くる日もくる日も夫を説得した。夫がやっとのことで受け入れてからも、一連の過程が進んでいくあいだ、女はたびたび夫の顔色をうかがった。ほとんどのことを女は自分一人で処理した。卵子を採取するための薬を飲むときも、毎日のように自分の腹部に注射針を刺すときも、ホルモン剤の副作用で全身がむくんでふらつくときも、余程のことがない限り夫に助けを求めなかった。数日おきに病院に行き、あれこれ検査して結果を聞くときですら、夫を同行させないのが常だった。

夫が必要になるのは精子を採取するときだけだった。卵子の採取後、数時間以内に精子を採取しなくてはならず、その日だけは夫と病院に行くことになる。その数日前から夫は目に見えて口数が減っていった。死刑執行を待つ囚人のように沈んでいく夫を見るたび、女は耐え難い気分に襲われた。

病院二階の採精室に夫が上がっていくたび、女は爪を噛んだ。狭い部屋で、自分よりも若くてつやつやした体の、性欲を刺激する女たちの映像が流れるということ、ヘッドフォンをはめた夫がその映像を見ながらマスターベーションすることを、女も知っていた。そうして得られた精液が生命の素になるというのは、何というか、ひどく忌まわしい気がした。同じような時刻に上に上がっていったほかの男たちよりも、夫はいつも遅く下りてきた。その姿はやつれたようにも、すっきりしたようにも見えた。夫は看護師と顔を合わせることすら嫌がったので、女が夫から容器を受け取り、それを持って窓口に向かった。黒いラベルが貼られた容器の中のぬるい液体は、誰に向かって排出されたものなのか、毎回疑問を抱きながら。

女は培養室で出会う自分の卵子と夫の精子を想像した。シャーレの上で培養され、不思議な形に育っていく夢を頻繁に見た。女が望んでいるのは自然な愛の結晶だったのに、通院するたび、不可解な未来に暮らしているような錯覚に陥った。

「三回だけだぞ」

最初から夫は脅すように言っていた。その言葉がいつの間にか「今回が最後だぞ」に変わった日、女は断念したように口をつぐんだ。数カ月後、あと一回だけやってみようと夫に泣きついた。夜遅くまで、泣き声と残酷な言葉が飛び交った。だが女は負けずに食い下がった。結局、夫は折れた。すでに命を吸い尽くされたような顔をして。

夫はワカメスープが好きだった。何かの話のついでに、自分の祭祀（チェサ）の膳（法事のお供え）にも必ずワカメスープを供えてくれと言っていたほどに。女が出産したときは、まだ産後ケアセンターを利用するのがそれほど一般的ではなかった。どちらの実家も女をサポートできる状況にはなく、病院から直接自宅に戻ってきた女は、まだ回復しきっていない産後の体で一人、ワカメスープを作った。夫はそのスープを飽きもせずに毎日毎日食べまくった。吸い取られてしまった気力を補おうとでもいわんばかりに。ワカメをくちゃくちゃ嚙んでスープを飲み干す夫を女はぼんやりと眺めた。夫はすっきりとしたように見えた。すべてが済んだという表情だった。女はワカメスープに手をつけなかった。産後の肥立ちが悪く、お乳（ちち）もあまり張らなかったが、なぜかワカメスープだけは口にしたくなかった。不意に下のほうから悪露（おろ）がどくどくと出てくるのを感じ、気がつくと、服や床が血だらけで真っ赤になっていた。女は急いで出産の残滓（ざんし）を拭き取った。部屋には生まれたばかりの双子が寄り添って寝ている。まだ顔もしわくちゃの、生まれたばかりの子どもたち。自分たちの意思とは関係なく、たった今、外の世界に押し出された何も知らない純真な子どもたち。

双子だとわかったとき、まわりからはおめでたいことだと言われた。二度のところを一度で済んだとか、一気に四人家族になったとか、そんなお祝いの言葉が飛び交った。だが双子を育てるのはとんでもない重労働だった。年を追うごとに二倍、四倍と、大きくなると八倍、十六倍と手がかかるようになった。

子どもを授かるためにかかった金額は想像以上だった。借金の利息が毎年増え、子どもたちの成長にかかる費用は、毎月女の首元を締めつけた。特に何をするというわけでもないのに、どこか穴でも開いているかのように、お金がじゃぶじゃぶと漏れ出ていった。

夫の勤めていた会社が倒産した。夫は社員が何人もいない小さな企画会社で広告の仕事をしていた。別の会社でそのキャリアを続けていくには、年齢的にも立場的も微妙だった。夫が次の職場に選んだのはタクシー会社だった。日々会社に収めなくてはいけない社納金（営業用タクシーのレンタル料）分は稼ごうと、常にハンドルを握っていた。子どもたちにとっても女にとっても、夫の存在感は自然と薄れていった。夫婦の関係を持ったのがいつだったかも思い出せなかった。夫から誘ってくることは決してなく、女もことさらそのことを問題視したくなかった。これまで夫を苦しめてきたことだけで十分だった。しかも、晴れて二人にはもう関係を持つ理由がなくなっていた。生物学的にそれは無意味な、エネルギーの無駄遣いだった。

夫婦それぞれ努力している割には、状況はよくなるどころか、常に足踏み状態が続いていた。いや、突然、奈落に落ちることがないだけで、いつしか一歩二歩と後(おく)れを取るようになっていた。女にできるのは子育てしかない。そこで、彼女はこの仕事を選んだのだった。

二卵性双生児だったが、誰の目にも一卵性に見えるほどそっくりで、夫は子どもたちの区別がつかないときがあった。目の脇にほくろがあるのが上の子で、ないのが下の子だという見分け方を、女がしょっちゅう言い聞かせていたのに、夫は忘れた頃に同じ間違いを繰り返した。後頭部を見ただけでどっちなのか一目でわかる女は、そんな夫の態度に納得がいかなかった。本当はわかっているくせに、わからないと言われているような気さえした。自分たちの家庭を、自分たちの子どもを。

夫は、子どもたちとどう遊んでいいのかもわからず、一緒に時間を過ごすにはいつも疲れすぎていた。深酒した日には、酔いに任せて本音をこぼすこともあった。

「俺は、あいつらが自分の子だというのが信じられない」

女は、静かにしてよと小さく口を動かしたが、夫はやめなかった。施術の過程で何か手違いがあったかもしれないと声高に言った。

「ラベルの貼り間違いがなかったって、どうしてわかる？　十分可能性のあることだ」

女から見ても、子どもたちはちっとも夫に似ていなかった。自分の身体的な特徴はぽつぽつ見受けられたが、女の特徴を除いてしまうと、彼らにあるものは、見知らぬ誰かからこっそり盗んできたもののように思えた。知りもしない誰かの手によって培養され、女の胎内に移植された子どもたち。夫の言うとおりだ。よくよく考えてみれば完全に不可能なことでもない。

「そんなに信じられないなら、実の子かどうかDNA鑑定でもすればいいでしょう」

女は声を荒らげ、争いは結論の出ないまま、振りだしに戻るのだった。

子どもたちは父親に懐いていなかったが、かといって母親である自分と仲がいいわけでもなかった。あくまでも二人きりで遊んだ。かつては自分の胎内にいた子なのに、女は息子たちを理解できなかった。理解しようとすればするほど、クエスチョンマークが浮かぶばかりだった。彼らは互いに影や鏡同士のような存在で、小さい頃からよく、妙な悪ふざけをしていた。席を替わるのは日常茶飯事で、入れ替わってテストを受けたこともある。二人には友だちがおらず、学校では公然の仲間外れだったが、誰かの標的にされていじめられることはなかった。背だけは高く、打たれ強いうえに、常に二人で連れ立っているので、誰もおいそれとちょっかいを出せなかった。かわりに、おかしな噂(うわさ)を立てられ、陰でこそこそ言われるだけだった。二人はそのことに対して取り立てて悩みもしない。お互い以外には誰も必要としない子たちのようだった。もともと親などいないかのように。

ようやく八人の園児全員が眠った。寝付く時間がばらばらなので、全員眠らせるのも一苦労だ。昼食に睡眠導入剤をほんの少し混ぜる園もあると聞いたが、そこまではしたくなかった。子どもたちのかわいらしい仕草に、女もときどき笑顔になることはある。でも、それだけだった。女にもその喜びを味わっていた時期があった。なのに、どうしたことかすべてが遠く感じられる。あまりにも昔のことでぼんやりと霞(かす)み、本当にあったことなのかすら信じられない、幻のような記憶だった。

記憶と現実はまるで異なっていた。子どもたちはうるさくて、騒がしくて、もめごとを起こした。女から若さを奪っていき、人生にしわを刻み、家庭にひびを入れる悪魔たち。それなのになぜみんな、あれほどまでに子どもを望み、子どもがいないのは不完全な幸福だと思い込み、子どものためなら長年努力して手に入れた仕事ですら諦(あきら)めるのだろう。自分もすでに通ってきた道なのに、子どもに向かって無邪気な笑顔を見せる若い母親たちに、女は同調したくなかった。チャンスさえあるなら叫びたかった。結局は、あなたたちも餌食(えじき)にされてしまうのだと。

女は保育室の壁にじっと寄りかかって座っていた。眩暈(めまい)がした。夫の番号に電話をかけた。もう三度目だったが応答がなかった。ショートメッセージを残した。**電話し**

て、すぐに。園児の起きる時間が近づいても返信はなかった。息子たちも電話に出なかった。女は学校に電話を入れようとして、やめた。あの子たち、今日学校に行ったんだっけ。行ったような気がするけど。でももう家に帰ってきたかもしれない。すでに夫は殺されてしまっているかもしれない。寒気がして背筋にまで鳥肌が立った。だけど、夫が死んで困る理由でもあるんだろうか。女は急に、自分がなぜ夫を守ろうとしているのか疑問すら感じた。

堂々巡りを断ち切るように、一人の園児が体をもぞもぞさせて眠りから覚めた。やがてドミノ倒しみたいに子どもたちが次々と目を覚ます。順番にまたおむつを替える。子どもたちを冷蔵庫のそばに静かに連れていく。防犯カメラの死角地帯。保育士たちのあいだでは「息抜き」という隠語で呼ばれていた。茹(ゆ)でたサツマイモとマンゴージュースをもらってきて、一口ずつ食べさせる。無意識のうちに手早く済ませ、次第に雑になっていった。一人の子の口に無理やりスプーンを突っ込んだ。すぐに泣き声が続いた。どこかから、お漏らしした臭いが漂ってきたが、気づかないふりをして、サツマイモを子どもたちの口に押し込み続ける。別の子が喉(のど)につかえたのか、むせ込んだ。マンゴージュースを口に注ぎ入れる。ごっくんごっくん、びっくりした目で子どもがジュースをがぶ飲みした。どうせこの子たちは言葉を喋(しゃべ)れない。よくしてあげようがしまいが、所詮同じだ。

最初の母親がお迎えに来た。二番目の母親も、三番目の母親も。おつかれさまです、と缶コーヒーを手渡してくれる母親もいた。女はコーヒーを飲まないが、会釈をして礼を述べた。コーヒーをくれた母親が、子どもを女から受け取ってベビーカーに座らせた。数百万ウォン（約数十万円）もする海外ブランド品で、洒落たデザインで有名なベビーカーだった。この界隈はママ同士のベビーカーのマウンティングが激しいと聞いた。優雅に百貨店をぶらつきながら、他人のベビーカーをじろじろ品定めするのだと。もしかしたら、彼女たちの子どもはベビーカーの飾りつけの仕上げに過ぎないのかもしれない。

今日に限って子どもたちの降園が早かった。七番目の子まで帰ってしまい、時計は午後五時半を指していた。あと一人帰れば女も帰宅できる。よそのクラスの子どもたちも潮が引くようにいなくなった。園長は先に帰り、ほかの先生たちも一人、二人と帰りはじめた。だが八番目の子の母親は来なかった。普段は四時か五時には迎えにくるのに、七時を過ぎても連絡がない。受け持ちの子どもが全員降園するまでは、担任は帰宅できないことになっている。

保育園には女と八番目の子どもだけが残された。今朝一番遅くに登園してきた、あの子だった。子どもと向かい合って座り、女は童謡を歌ってやった。島でお母さんが牡蠣（かき）採りに行けば、赤ん坊は一人残ってお留守番――そこまで歌うと女は歌うのをやめた。子どもが女をじっと見ている。赤ん坊はなぜ一人で留守番なんだろう。幼子（おさなご）を置いて出かけた母親は、本当に牡蠣採りに行ったんだろうか。

女は目の前に座った子どもの顔をまじまじと見つめた。この子さえいなければ、さっさと家に帰れたのに。抑えがたい憎しみが湧き上がってきた。女は子どもの首を絞める想像をして、強く頭（かぶり）を振った。おまえはなんで生まれてきたの。嘲笑を含んだ言葉が思わず口の外に漏れた。子どもは答えなかった。ぽかんとして、目だけをぱちくりさせた。そして、にこっと笑うと女の胸に飛び込んできた。うちの双子もこんな時期があったんだっけ？　こんなにも小さくて純真無垢（じゅんしんむく）で、母親だけを見つめていたときが？　どうしても思い出せなかった。

ピンポン。ようやく子どもの母親が迎えに来た。はあはあと激しく息を切らせながら、きちんとメイクした顔で、香水のきついにおいを漂わせながら。ふっと香水に紛（まぎ）れて妙な体臭が鼻についた。この母親はとんでもないことをしてから迎えに来たに違いない。わが子を放り出して、派手に着飾り、子どもなんか存在しないみたいに、見ず知らずの男と体を重ねてきたのに違いなかった。はっきり言って、そのせいで今日、迎えが遅くなったのだ。

子どもの母親は、出入口の前に座り込んで自分を待っている女と子どもを見ると、驚いたように目を丸くした。園内の明かりはすべて消え、女はコートを着て靴まで履いていた。女は母親の視線に構わず、冷たく子どもを引き渡した。特に説明もせず、そのまま顔を歪めると、追い払うように二人を門の外に出した。女は二人を追い越し、急いで歩きだす。さっさと、家に帰らないと。夫を子どもたちから救い出さないと。

女は地面を蹴(け)とばすように足を押し出して歩いた。電車に乗って、あらゆる人たちの隙間に紛れて、地上に上がり、だんだんと狭くなる路地へ。急いで急いで、左に一度、右に二度、また左に一度。そしてここ、自分が住む、低層のみすぼらしい集合住宅が目に入る。息を殺しながら、花壇の上にゆっくりと視線を移した瞬間、女は、きゃあっ、と鋭い悲鳴を上げた。張り上げた悲鳴がこだまして、空気中に素早く散った。

入口に長い影が一つ立っていた。その影は女に近づきながら、ゆっくりと二手に分かれた。子どもたちだった。女の息子たち。自分が孕(はら)んだ不気味な赤ん坊たち。一つの根から出てきた、二頭の暗い怪物たち。

「お父さんは、お父さんはどこにいるの……?」

女が叫んだ。どこか泣き声の入り交じった叫びだった。子どもたちは悲しげな表情を浮かべた。そして女の人生を蝕(むしば)んだ、うんざりする単語を二人同時に吐いた。

「母さん」

女の目線が子どもたちのあいだを素早く行き交う。どっちが上の子でどっちが下の子なのか、わからない。目の脇のほくろも陰になって見えなかった。一人が女の肩をぐっと抱きかかえながら、低くつぶやいた。

「ワカメスープ、作らなくちゃ」

輪唱するようにもう一人が、そっくりな口ぶりで言う。

「父さんが作ってくれって、言ってたじゃないか」

「何言ってるの?」

女は訊き返したが、喉がつかえて声にならなかった。子どもたちは両側から女の腕を取ると建物の中に入っていった。次の瞬間には、女はすでに家の中にいた。奥の暗がりのテーブルの上に乾燥ワカメの袋が見える。その向こうで、額縁の中の夫が、まるで見せたことのない明るい澄んだ笑顔を浮かべていた。夫を最後に見たとき、彼はどんな表情をしていたのだったか。

病院の霊安室に安置された夫の顔を、女はとても見ることができなかった。腕がベッドの脇にはみ出して、ずんぐりした指がむき出しになっていた。理由も明かされず、彼はいきなり、そこに横たわっていた。この気の毒な男に、いったい誰がどんな真似をしたのだろう。

女よりも先に、死んだ男の顔を見たのは息子たちだった。夫はトイレで首をつって死んだ。すまない。彼が死ぬ間際に残した言葉はそれがすべてだった。すまないという四文字で要約される人生とは。いったい彼が生きてきた数十年間は、何の意味があったのだろう。

「おまえたちが、父さんを……」

最後まで言えないまま、女は拳を握りしめた。彼女は証明してやるというように、間髪を容れずに子どもたちの部屋に駆け込み、本棚に隠された黒いノートを引っ張りだして、開いた。しわくちゃのページがパラパラとめくられる。ところがどういうわけか、そこには朝見た内容が記されていない。破られた形跡もなかった。ただ意味のない落書きだらけのノートには、今日の日付が赤く丸で囲んであるだけだった。力強く三回ほどなぞられた、気持ちのこもった赤い丸。この子たちはどんなトリックを使ったのか。女は険しく目を剝いたまま、荒々しく呼吸した。深い眼差しをした息子たちが、女の肩を揉み、やさしく背中を叩く。

女はこの家から離れたかったが、そんなことができるような状況ではなかった。最初はおぞましかった。だが、だんだんと、夫とまだ一緒に暮らしているのだと、私たち家族は何一つ欠けていないのだと、自分を慰めはじめた。過去と現在がごっちゃになり、原因と結果がもつれ合った。目を覚ましても見る夢を医師は心の病気だと言った。心が世界を受け付けないとき、心が作り出してしまうイメージの数々なのだと。

女は口を閉ざし、冷ややかな表情になった。子どもたちに逆らうのは無意味だ。いや、危険だ。自分まで殺されるわけにいかなかった。生きなければ。それゆえに子どもたちの言うことを聞く。彼女は黙って魚を焼き、スープを作る。子どもたちが祭祀用の卓を運んできた。夫がいつも寝そべっていたリビング——そこに置かれた卓は、こんもりとした盛り土の墓を思わせた。ナムルを作り、チヂミを焼いた。一輪ずつ放(ほう)るように、子どもたちが順に菊の花を手向(たむ)ける。いつしか祭祀の膳が整い、女は脇のほうへと退いた。認めたくなくて、遺影の前でお辞儀(ジョル)さえしなかった。かわりに二人の息子が交互に線香を立てて拝礼する。中央に置かれた夫の写真の前に、白い煙がもやもやと霧のように立ちこめる。

夫への儀式が済み、三人は円座になって食事を始めた。息子たちは飢えた猛獣のごとく猛烈な勢いで貪(むさぼ)りはじめた。女はこっそりと二人の子どもを盗み見る。この外の世界に自分が産み落とした、意味のわからない結晶たちを。

子どもたちは、一日で自分の繭(まゆ)を破り出て、殻(から)を脱ぎ捨てたようだった。ひどく幼く見え、ひどく老いて見えた。ふっと幻影のように二人の顔に昔の面影がよぎる。永劫の歳月を経て、父と母を通過して、女の体を裂いた二つの顔が、十七歳という年齢を携えて目の前に座っていた。

女はゆっくりとスプーンを持ち、ワカメスープを口に運んだ。塩気が効いてヌルヌルしている。一さじ、二さじ。いくらでも食べられる。得体の知れない気分が、体の隅々まで枝のように広がっていった。生まれ変わったかのようだった。

z i p

ヨンファは「家(ジブ)」という単語を聞くと、大抵、妙な戦慄(せんりつ)を覚えていたように思う。その戦慄は脊椎(せきつい)の端から始まり、背筋をせり上がって、頭を熱くすると同時に腕にざあっと鳥肌を立てた。その言葉は、それが指す意味をすべて含めるにしては、あまりにもきれいすぎるし、短すぎた。短いのに、力を込めて発音したあとに素早くぎゅっと口を閉ざすところも気に食わなかった。でも、ようやく対面したギハンの前でそこまでは明かさなかった。胸の内にずっとしまわれている思いは、初めて聞くギハンの家の話の陰に隠れてしまった。両親と暮らす家の庭に、夏になるとノウゼンカズラがきれいに咲くのだと話しながら、ギハンは言った。

「すごく不思議だと思いませんか。『宇宙』っていう単語も、結局は家っていう意味でしょう? 『宇』も『宙』も家という意味だから。僕らは結局、巨大な家に暮らしているってことなんですよね」

ヨンファは笑った。それはギハンの目には清らかで純粋な笑顔に映ったかもしれないが、ヨンファの立場からすれば苦笑いだった。自分の家が宇宙だなんて考えたこともなかった。ヨンファの家は騒々しく気の休まらない場所だった。人生に疲れ、苛立ちが垂れ込めた両親の顔と、五人もいるきょうだい。もちろん仲がいいときもあった。それでも、食卓に肉のおかずでも並ぼうものなら全員の箸が攻撃的に食らいつく野蛮な場所から、ヨンファはいつも逃げ出したいと思っていた。家は穏やかにいられるところではなく、言うなれば、すべてがせっかちで、腹を空かせた家族の口に吸いこまれていくブラックホールのような場所だった。

ギハンが鯖の煮付けをほぐしてヨンファのご飯の上にのっけてくれた。ヨンファはご飯の上に魚をのっけて食べるのは苦手だったが、ギハンのやさしさに胸がときめいた。

「それはそうと、『宇宙』っていう漢字はどう書くんですか」

本心がバレないように切り出した質問に、ギハンはこう書くのだと宙に指で書きはじめた。文通中にも気づいていたけれど、ギハンは学歴の割に漢字だけはよく知っているほうだった（一九七〇年から小中高の教科書で漢字の使用が廃止されたが、中高では漢字教育が存在。ただし度重なる教育課程の変更で、世代ごとに漢字教育を受けたかどうかが異なる）。ヨンファは見えない字画を追うふりをしながら、ギハンのふさふさの眉をこっそり覗き見た。太くて濃い眉毛は海中のワカメのような錆色をしていた。男が美しいということもあるのだとヨンファは思った。彼女はそのとき、自身がどんなに輝いているのか気づいていなかった。

ヨンファとギハンはペンパルとして出会った。当時はまだ直筆の手紙が主流だった頃で、二人を結びつけたのは、ある月刊誌の読者掲示板コーナーだった。少々の時事ネタから芸能界の話題まで一緒くたに扱う雑誌だったので、接点が生じたのだ。ペンパル募集欄には、文通希望者の名前、年齢、性別、住所、そして手短に趣味や興味のあることなどが記されていた。誰もが趣味は読書で、多くの人が心を込めて文字をしたためていた時代。ヨンファは医療機器を販売する会社の経理担当で、文具会社に勤めていたギハンは、小学校の前には必ずあった文具店を回りながら、教室の床用ワックスや硯(すずり)、自由帳を卸売する営業担当だった。日々の生活のことや感じたこと、ふと思いついたことが、くせのある文字と赤いポストを介して行き交った。時折、きれいに書き写した詩や落ち葉が同封されることもあった。二人の手紙もまた不器用な詩のようだった。そうして三十三通の手紙がやりとりされて一年が経(た)ったとき、ギハンがこう誘ったのだった。

ヨンファさん！　お会いしたいですね、もうそろそろ。

勇気と照れが同時に感じられるその文句を、ヨンファはどれだけ繰り返し読んだことだろう。オレンジ色の電球がともった、昔の二階建ての家で。

二人は初めて電話で話し、市庁（シチョン）駅で会ったが、すんでのところで会わずじまいになりかけた。大田（テジョン）で汽車に乗り遅れたギハンが二時間も遅刻したからだ。一方、約束どおり藍（あい）色のスカーフを結（ゆわ）えた黄色いバッグを肩にかけたヨンファは、ひどく落ち込み、涙が出そうだった。ばかにされた気分だった。あと三十分だけ待とうという決心が三度も繰り返され、いつの間にか二時間経っていた。気丈に一歩踏み出そうとしたそのとき、息を弾（はず）ませながら、あの、ひょっとして、と声をかけてきたギハンの姿を思い浮かべるたび、ヨンファの胸には、冷ややかでありながらも、あたたかいものが込み上げる。ああ、まったく。あと一分早く帰っていたなら、ほんの一分でも！ヨンファは毎回、過去の自分を虚（むな）しく責め立てる。

二人はほぼ毎日会った。大田に住んでいたギハンがちょうどソウルに上京してきて家も近くなり、そうなると、もはや下手な詩など送り合う必要もなくなった。ヨンファもギハンも、相手が書いた文字よりもっとリアルなものを求めた。当時にしてはかなり進んでいて、彼らは手を握るよりも先にまずキスをした。サヌリムの「僕にとって愛は苦すぎる」（国民的人気を集めたロックバンドの一九八二年発売のアルバム収録曲。バンドメンバーだったキム・チャンワンは俳優としても有名）が流れる鍾路（チョンノ）の飲み屋でのことだった。近づいてきた店員に、申し訳ありませんがここでそういうことをされては困りますと注意されたとき、ヨンファは髪を耳の後ろにかけながら頭を下げたが、ギハンは返事もせずにマッコリをごくごく一気にあおると、唐突に切り出した。

「今から僕、ちょっとびっくりさせる話をしようと思います」

ヨンファはどぎまぎして何も答えられなかった。ギハンの目があまりにも真っ赤で怖気づいた。

「僕はヨンファさんを招待しようと思います」

「招待って、どこにですか？」

ヨンファは目を丸くして、招待先が目の前にでもあるみたいに、意味もなく周囲を見渡した。ギハンはあくまでも深く真剣な眼差しで答えた。

「新しい場所、僕たちが作っていく世界にです」

言い終わると同時に、ギハンがぽかんと開けた口でヨンファの唇をぐっと押さえつけた。呆れたように二人を睨みつける店員のシーンを最後に、ヨンファはぎゅっと目をつむった。さすがに店員もうんざりしたのか、それ以上近寄ってこなかった。ギハンに体を預けたヨンファの頭の中には、今にも飛んでいきそうな筆跡の、ギハンの書き写した詩が浮かんでいた。牡丹が咲くまでは、私は待つでしょう。燦爛たる悲しみの春を……（詩人・金永郎（キム・ヨンナン）の有名な詩「牡丹が咲くまでは」）。その燦爛たる悲しみの春と、今自分の体を覆っているいる湿っぽい浮かれた息のギャップの狭間で、ヨンファの意識は次第に遠ざかっていき、やがて、パンッ、と派手に消滅してしまった。二人のあいだには一ミリの間隔すらなかった。間隔どころか体と心がこねた生地みたいにくっついて、自分が相手なのか相手が自分なのかわからなくなるくらい、精いっぱい、相手に同化しようとしていた時期だった。よりによって初めての恋愛で、比較対象になる経験も感情もなかったことが、ヨンファには悔しくてたまらない。タイムマシンがあったら、あの日に戻って、唇を突き合わせている自分の頭をがばっとひっつかんでやるというのに。

ギハンはヨンファにしっかりとした囲いと屋根を提供した。頑丈だけれど穴だらけで、出入りはできても逃げることはできない囲いと屋根。風がビュービュー吹き込み、あちこちで雨漏りし、波がバシャバシャと押し寄せ、台風がありとあらゆるものを滅茶苦茶に引っ掻き回した。家はしばしば形を変えた。地下からスタートした新生活が、運よく片廊下型の小さなマンションになったかと思えば、突然、サントンネ（高台の貧しい地区）の集合住宅に変身し、再び、町外れの部屋を借りることになったりした。サイズも大きくなったり小さくなったりを繰り返し、まるで誰かのふざけた指図に従ってポンポン化けるかのようだった。そうしてたびたび変わりながらも、ヨンファが受ける家の印象はいつも同一だった。なにもかもが危ういのに、骨組みだけはびくともしない。その中でヨンファは身動きも取れずにいたのだった。

バカだったんだ。
私がバカだった。
バカな女だったんだ。

ヨンファは暇さえあれば心の中で呟(つぶや)いた。気が晴れないときもあったけれど、少なくとも落ち着いてはいたヨンファの暮らしに、ギハンはあまりに多くのドラマを提供した。挙げてみればきりがないが、要約すれば、テレビ番組『夫婦クリニック～愛と戦争～』（一九九八年～現在まで放送。さまざまな人々の感動ドキュメンタリー）と『世の中にこんなことが』（シーズン1は一九九九～二〇〇九年、シーズン2は二〇一一～二〇一四年放送。夫婦間の問題をドラマ仕立てで再現）に『アンニョンハセヨ』（二〇一〇～二〇一九年放送。視聴者の悩みに答える参加型トークショー）をかけ合わせたような、何でもありのドラマだった。ギハンは忘れたころに、くだらない女性問題でヨンファを煩(わずら)わせ、数年に一度、未来のお宝になると言っては、怪しいガラクタを収集するために散財し、そのくせヨンファの苦労にはまるで理解を示すことなく、常にふてぶてしいまでの堂々とした態度を貫いた。

ヨンファは、暴風雨が吹きすさぶ、この骨組みしか残っていない家から脱出する計画を何度も立てたが、そのたびに運命のいたずらなのか、謀(はか)ったかのように決定的な事件が起きた。母の死だったり、義母の緊急手術だったり、父の交通事故だったり、義弟が自殺を図ったりと、第一級の危機的状況が押し寄せた。少し年月が経つと、今度は上の子の無断欠席やら下の子の浪人とかいうことまで加わって、それこそギハンが提供するドラマは一時的ではあれ、勢いが弱まり、片を付けるべきことの優先順位から後回しにされたのだった。

残酷な運命に跪くたび、ヨンファはキリキリと歯ぎしりし、下の子が成人するまでは待とうと脱出の時期を先送りした。そうして二人は微妙な絆を保ちながら、ずいぶんと長い期間、同じ空間に暮らし、今日に至ったわけだが、そんなこんなのあいだに、ヨンファもギハンも知り合った当初からはすっかり別人になっていた。

長女が会社でチーム長に昇進し、下の長男が博士課程に進んだ現在も、相変わらずヨンファはギハンと暮らしている。人生の巨大な嵐がいざ過ぎ去ってしまうと、強烈だった感情は以前よりも曖昧になっていった。憤りと復讐心で凝り固まった決心を実行に移す日だけを待ち望んでいたときもあった。しかし、いつからか心の中に生じたわずかな点ほどの疑問は、だんだんと大きく育ち、とぐろを巻いたかと思うと、いつしか大蛇のように巨大化して心を支配していた。遅すぎるんじゃないか、この憎しみの感情を燃やし尽くすには。本当はこのままでもいいんじゃないか。

その考えが根を下ろしたのは、先日、同窓会でスッキの息子の話を聞いてからだった。高校の同窓だったスッキは、結婚後わずか二年で詐欺の疑いで訴えられた夫と離婚し、その後は女手一つで息子を育て上げた。自分の意見をそんなふうに堂々と通すようなイメージがなかったので、スッキが結婚生活をすぱっと断ち切ってしまったのは驚くべき出来事だった。

　集まりに出席していないときでさえ、常にスッキは格好の話題を提供してくれた。同窓の仲間内では、心配と同情がほどよくブレンドされた噂話が行き交った。そのことを知ってか知らずか、スッキは屈することなく同窓会に顔を出した。いつでも一番最後に来て一番最初に退席するスッキが、お先にと十歩ほど遠ざかると、みんな彼女のかぼそい後ろ姿を見ながら口々に言った。寂しいんだよ。うちらしかいないんだから。幸せになってほしいよね。そして全員、意味不明にチッと一度舌打ちした。ところが、人間万事塞翁が馬とはよく言ったもので、歳月が経つにつれて、いくつかの地点でスッキが逆転しはじめたのだ。

　スッキの息子が一流大学に入学したときは、まだそれでも、ふうんと言っていただけだったが、その息子が一発で大企業に就職し、スッキが不動産投資で儲けたお金が想像以上だと知るや、みんな徐々に本性をさらけだした。そんなことが可能なのかとか、いくら運がいいとはいえ最初からそんな元手を工面できるなんて本当にすごい、といった感想が次々に出てきた。そしてスッキを標的にするわけにもいかないので、遠回しに話は続いた。スッキと似たような境遇を経験して、似たような成功を手にした知人の話題に触れながら、その知り合いの場合、じつは元手がその元手（ミッチョン）じゃなくて、男根（ミッチョン）だったとか、自分のことで手いっぱいで気づいたら誰もいなくなってたとか、ゲラゲラという笑い声の中に、どぎつい言葉が悪気のない冗談のようにぽつぽつ交ざった。ヨンファはその冗談に積極的には加わらなかったが、爆笑するポイントではつねにそのタイミングを逃さず一緒に笑った。そうしていれば、ほんの一瞬であっても、スッキのような勇気を出せないことへの後悔が薄らぐからだった。

　最近、スッキは集まりに顔を出さなくなった。それは新たな局面を暗示しており、聞けば、あの順風満帆（じゅんぷうまんぱん）だった息子が会社で部長に殴りかかり、解雇される危機にあるという。毎回、新情報を聞いてくるヘスンが声高に言った。ほらね。結局、家の中が膿（う）んでたら、家族の誰かがその膿（うみ）を引き受けることになってるんだって。

　ヨンファは自分の話をなんでもかんでも他人に打ち明けるタイプではなかった。昔からそうしてきたのは、自分の人生が自慢とは逆を行くことばかりで埋めつくされていたからだ。内面の暗さは口外するほどにその大きさを膨らませ、結局、自分に牙（きば）を剝（む）いて戻ってくることをヨンファは学生時代と短い会社生活で学んでいた。ギハンとの生活について、ヨンファは徹底して口を閉ざした。そして、まさに今日のような日、ヨンファは自分の選択が賢明だったことを悟るのだった。人生の苦労と老いについて嘆きはしても、家庭の話を外で言いふらしたことはない。だからこそ、彼女の人生は実際の経験とは関係なく、常に完全無欠だった。

　帰り道、スッキの顔を思い浮かべたら、ヨンファは衝動的に買い物に行きたくなって、スーパーに立ち寄った。予算のことは考えずに、あらゆる材料を買い込んで、その日は久しぶりにギハンのために豪勢な夕食を準備した。ギハンが汗をだらだらかきながらキノコと牛肉の入った辛い豆腐鍋を食べているあいだ、ヨンファは、ギハンが乳製品の会社から退職するときにもらった、功労賞の表彰楯（たて）を丁寧に拭いた。功労賞と言っても皆勤賞と変わりないのだが、その受賞とともにギハンは早期退職者になり、それがちょうど数カ月前のことだった。ギハンが、どうせなら現金でくれたらいいのにと、ぶつぶつ文句を言っていた、その表彰楯だ。

「何を無駄なことしてるんだ」

　ギハンが訊（き）くと、ヨンファは笑った。

「無駄だなんて。これも全部、あなたが頑張った証（あかし）なのに」

　その日に限ってやさしい声でヨンファは言った。ギハンは侮辱でもされたかのように呻（うめ）くような声を漏らしながら、ひたすら食べた。一口食べるたびに、料理の味、量、材料費に対する、些細だがしつこい嫌みがついてきた。ギハンはヨンファに対して大抵そんなふうに接してきた。

　娘の結婚を控えていた時期だった。死んでも結婚しないと豪語していた娘が、先日、未来の夫を連れてきたとき、ヨンファは大喜びした。会社で知り合ったという相手の顔には、これといった表情も見受けられなかったが、ヨンファは精いっぱいもてなした。

「真面目そうじゃないの。顔だってあれくらいなら悪くないほうだし」

　結婚相手が帰ってから、ヨンファは残ったリンゴを剝きながらそう言った。娘がテレビを消すと、黒くなった画面に母娘の姿が映り込んだ。娘はへそを曲げたみたいに不貞腐れた顔になった。

「お母さんなんか結婚生活に飽き飽きしてるくせに、私の結婚の何がそんなに嬉しいわけ？」

「まったくおまえは。これはこれ、それはそれでしょう。とっくに過ぎたことと未来が開けてるのとは違うでしょうが」

「おまえって、その言い方やめてくれない？　それだって暴力なんだから」

　あんたはどうしていつもそんなにプリプリしているのとヨンファが叱り、結局、会話はヒートアップした。そんなさなかにギハンがやって来て、ソファにどっかと腰を下ろすと、リモコンを押した。そして囲碁番組にチャンネルを替え、一秒に一度ボタンを押し続け、徐々にボリュームを上げた。テレビの音量が母娘の言い争う声より大きくなる頃、娘がリモコンをぱっと奪って投げつけ、一年前にインターネットのプロバイダを変更したときキャンペーンでもらった、55インチテレビに大きなひびが入った。

結婚準備のために、家族四人が何度か顔を合わせる必要があった。そのたびに決まって誰かが爆発し、ほかの家族は憤然として出ていった。式の日にちが迫るほどに、ヨンファの心ははらはらして縮み上がった。そのくせ、感謝しながら一連のプロセスをこなしていけば、家族としてさらに成長するはずだと期待してもいた。

そんなヨンファの心が冷え切ってしまったのは、ギハンの電話を偶然、立ち聞きしてからだった。

娘の結婚を一週間後に控えた夜だった。目が覚めてリビングに行くと、ひそひそと話すギハンの低い声が聞こえた。切羽詰まった小声には秘密の影が透けて見え、自然とヨンファの体は硬直した。女だろうか。もしもそうなら、いっそのこと知らないふりをしたかった。三カ月以上関係が続いたケースだけでも、十年に一度の頻度であった。適当に見て見ぬふりをしたり、最後まで見逃してやったりして、浮気の回数に含めないことも多かった。

ギハンが精いっぱい声を殺して通話している相手は、古くからの友人のドンウだった。ドンウは五十を過ぎても酔ったギハンと明け方に押しかけてきては、寝ているヨンファを起こして酒とつまみの支度をさせていた人物だ。ヨンファが十分ほどドアの後ろに立って知り得たのは、ギハンが儲け話だと信じてお金を掻き集めて投資し、一億ウォン（約一千万円）を失ったという事実だった。ギハンはそのお金を十年かけて返済中で、最後の債権者のドンウに、借金を今入金したところだと伝えるために電話していた。ヨンファは今になってようやく、もう何の役にも立たないパズルのピースをはめたのだった。あるときから、ドンウの足がぱったりと途絶えたのも、かかってくる電話をギハンが避けていたのにも、そういう理由が隠されていたというわけか。一億ウォン。それがどのくらいの期間でどうやって返済していける額なのか、ヨンファはまったく実感が湧かなかった。ギハンはまるでヨンファの懸念を読みとったかのように、「あの子らの母親」という呼び方でヨンファを話題に出すと、こう続けた。

「どうせ、あの女は知らないよ。家庭のことしか知らなくて、家がどう回ってるのか、家の外で何が起こっているのか、まったく知らないから」

ヨンファはしばらく立っていたが、忍び足で寝室に戻った。ひとまず横になって、これまでの歳月で鍛えられたとおりに、あらゆる心の声を無視して眠ろうとした。じつはその一億ウォンの借金のことは、うっすらと気づいていた。いくら見まいとしても、ギハンが大事（おおごと）を起こしたという証拠やヒントは、長いあいだ彼に影のようにつきまとい、知りたくなくても知らずにいるわけにはいかなかった。それでもヨンファは知っている素振りを見せなかった。知っているふうに話した途端、すべての災難が自分にまで降りかかってきそうで恐ろしかったからだ。知らないふりをしている限り、そのお金は実体がないものに感じられる。ギハンが最後まで一人で片をつけたのは、考えようによってはさいわいなことだった。

ところが、ギハンが最後に吐いた言葉はあまりにも威力があって、時間が経つにつれじわじわとヨンファの心を浸食し、深く突き刺さっていった。どうせ。あの。女は。知らない。その単語の一つ一つにおもりが乗せられていくようだった。悔しさに同意が半分交じったおもり。そのとおりでもあり、そうじゃなくもあったからだ。自分はあの言葉をどう受け止めたらいいんだろう？　何度も自問していたせいで、その言葉の存在はどんどん大きくなっていき、しまいには強烈な感情がヨンファを支配しはじめた。

長女の結婚相手の本家が束草（ソクチョ）にあったため、式はそこからアクセスのいい東ソウルターミナル近くの式場で行われた。どこででも見かけるようなありがちな式で、主役だけぱっと取り替えたような感じだった。ギハンの目がずっと光っていたので、ヨンファは泣くのを我慢しているのだとばかり思っていた。ところが、式が終わって式場から出るなり、ホールの外で祝儀の受付をする新郎側の友人たちを見ながら、ギハンはこう言ったのだった。

「あっち、よく見張ってろよ。祝儀を横取りするヤツがいるかもしれないからな」

そのとき、ヨンファのうしろにはスッキが立っていた（韓国の結婚式は、招待状をもらっていない人でも気軽に参列できる）。スッキはぎょっとしたように一瞬表情を変え、ヨンファはどうにもならない感情をなんとか押し殺したまま、一連の行事がさっさと終了することを願った。

帰宅した二人は、早々と横になり、まだ昼なのかもう夜なのかわからないほど、長い時間眠り込んだ。朝方、携帯に訃報を知らせるメッセージが届いた。やりとりが途絶えてずいぶん経つギハンの元同僚だった。しばらく、ぐずぐずと寝返りを打っていたが、結局、二人は正午すぎに葬儀場に向かった。日差しがじりじりと照りつける夏、真昼の葬儀場には彼らしかいなかった。ヨンファは食事を摂らずに我慢した。娘の結婚式の翌日に、他人の葬儀で振る舞われる食事を口にしたくなかった。

「だったら、来なきゃよかっただろう、なんだよ。飯代いくら出したと思ってるんだ」

ギハンは呆れたように一喝すると、ユッケジャンを二杯も平らげた。ついでに焼酎も一本空け、ヨンファは手酌で飲むギハンをただじっと見つめていた。ついさっきもギハンは、ヨンファが準備した香典袋からこっそり五万ウォン（約五千円）を抜き取っていた。ヨンファは人の死の前で「飯代」という言葉を使う夫の無神経さが、到底理解できなかった。酒が入るとギハンは、昨日間違いなく祝儀をかっぱらったヤツらがいると、何度も繰り返した。

「他人の金をこっそり盗むようなヤツらは全員、天罰でも食らえ」

ギハンはそんな言葉を延々と並べたてた。ええ、わかってる。ギハンがどれだけ大変な人生を生きてきたか、少しはわかる。そんな心境でヨンファはぐっと堪えていたが、とうとう、あなた、と話を遮った。

「誰も、ご祝儀なんてくすねていないから。ただあの子の幸せを願って、わたしたちが楽しく過ごすことを願ってよ、ねえ？」

「そんなふうに馬鹿正直に生きてたら、カモにされてしまうだろ。俺が何をどうしたってんだ」

言い出したら譲らないギハンの屁理屈に、ヨンファはいったん口を閉ざし、車に乗り込んでからも沈黙を守った。ギハンは短時間のあいだに自分の許容量を上回るアルコールを飲んでいて、運転も当然ヨンファがするはめになった。ギハンは助手席に座ると、出発して十分も経たないうちに、グローブボックスに押し込まれた祝儀袋を取り出し、昨日すでに数えた中身を掻き出して計算しはじめた。思っていたより額が少ないと、ギハンは呻くような早口で昨日の招待客を呪(のろ)った。続けて、近頃は「世も末」を通り越して滅びゆく兆(きざ)しが見えるだの何だのと、世の中全体を非難しだした。

ヨンファは無言で運転した。どうして耳には覆いがないんだろう。目はつむってしまえばいいし、口は閉じてしまえばいいし、息は苦しくなるまで我慢してしまえばそれで済むのに、耳はなぜこんなにも打つ手がないんだろう。どうして意思だけでは、自力では、たったの一言も食い止めることができないんだろう。しかも私は今、手で耳を塞(ふさ)ぐこともできないじゃないの。

ハンドルの上にぽつねんとある手を恨めしく思いながら、アクセルに掛けた足をもぞもぞさせた。あの最低な言葉、いつまで聞かないといけないの。こんなの捕虜の拷問と変わらないじゃないの。確かに、私はこれまでずっとそうやって生きてきた。それにしても本当に不思議だ。同じ耳のはずなのに、あの人には自在に聞こえないようにできる機能が備わっているなんて。

聞こえてくる話とは無関係の雑念がヨンファの脳裏を覆いつくし、それでようやく、ギハンが生産する果てしないノイズから、ほんの少しだけ遠ざかることができた。

穏やかに晴れていた空が突然、グレーの絵具をすっすっと塗ったようにどんよりしはじめると、ゴロゴロと遠雷まで響いてきた。エネルギー切れになったギハンはうとうとしだし、密閉された空気の中、アミの塩辛臭を漂わせるギハンの息が、古いセダンの埃(ほこり)と生臭(なまぐさ)く混じり合った。

　ヨンファは車の窓を開けた。そのせいで信号が変わったことに気づかなかった。おかしな日だった。ものすごくたくさんのことをこなした一日だったのに、時間が引き延ばされたかのように、日の暮れる気配がなかった。ヨンファはハンドルを握る手の緊張を緩めた。なにもかもを偶然に、そして成り行きに任せたかった。以前にはなかった大胆さが彼女を動かした。ヨンファは目的もなくひたすら直進した。それに飽きたら左折し、信号にひっかかればハンドルを右に切った（韓国では車は左ハンドルで右側通行）。そのあいだも、ギハンは熟睡したまま、ますますきつく臭ってくる息を吐き出した。ヨンファはギハンの足元に転がっている札の塊(かたまり)を見つめた。あれほどお金にこだわるくせに、ギハンはいつもお金をぞんざいに扱う。そしてお金を失(な)くし、またお金に執着する。私が知らないだって？　何も知らないとでも？　ヨンファの心の中で数日前に聞いたギハンの低い声がワンワンと――響いた。ギハンの足元に廃品のごとく投げ出された祝儀袋から、お札を一枚一枚取り出して窓の外の風に飛ばしてしまう想像に耽(ふけ)っていたヨンファは、どこまで来てしまったのか、自分でもまったく見当がつかなくなっていた。

「どこだよ、ここ」

ようやくおもむろに目を覚ましたギハンが尋ねたとき、ヨンファはおとなしく答えるしかなかった。

「わからない、私も」

ソウルを抜けてから、もうずいぶん走っていて、数カ月前に故障したカーナビは作動していなかった。標識からわかったのは、ここが京畿道（キョンギド）の外れのどこかだということだけだった。ひとけもまばらで、そばにはずいぶんと立派な田んぼが広がっていた。ヨンファはカーブが続く道に沿ってゆっくりハンドルを切っていった。すると突然、思いがけない風景が目の前に現れた。ひっそりと広がる森が視界を埋め尽くす。両脇にはうっそうと茂った木々が空に向かってそびえている。ヨンファは車から降りた。不思議なことに、長時間、運転していたのに疲れを感じていなかった。

風景に圧倒されたヨンファは、森に向かって歩きだした。ギハンも特に何も言わずにのろのろとついてきた。突然、森が後ろに追いやられて、ぽつんと立っている灰色の建物が何棟か、目に飛び込んできた。ぽっかり空いたマンションの工事現場が柵もなく広がり、二十階は優にある三棟の建物が鋭く天を突き刺していた。どれも工事が中断されたままで、今後も再開される予定のなさそうな、朽ち果てている状態だった。ちょくちょくニュースで見たことがあると、ギハンがダミ声でべらべらと喋（しゃべ）った。売れ残ったり、中間マージンを掠（かす）め取られたせいで工事がストップしたりして、放置されたマンションについて。

だが、くだらないといった口調で話しているギハンとは違って、ヨンファは目の前の建物に圧倒されていた。家は家なのに人が完全に排除された家。すでにそれ自体で存在の目的を果たしているような家。

「もし完成していたら、どんな人たちが住んでいたのかしら」

ヨンファが独り言のように尋ねた。

「あんな壊れた家になんか、誰が住むもんか」

ギハンがつっけんどんに答えた。

「そうよね。私もずっと前から、そう思っていればよかったのに」

何の気なしに言っただけなのに、静まり返った夜の空気に吐き出されたせいか、実際の感情よりもずっと冷ややかに響いた。ギハンはヨンファの言葉の温度に気づくほど繊細ではなかったが、きまり悪そうに肩をすくめた。おかしなことに、ここではヨンファが主導権を握っているようだった。もうちょっと歩こうかな。ヨンファの言葉にギハンはそわそわし、重い足取りでついてきた。

青みがかった夜の光は、シーンの早変わりのように急速に紫色に染まった。三棟の建物の中央に小さな湖が見えた。おそらく入居者用の文化施設として設計された人工湖で、この敷地内での唯一の完成品であるかのように丸く光り輝いていた。明らかに風は木々をやさしく揺らしているのに、巨大なイラストを立てかけでもしたかのように、湖上には波ひとつ立っていなかった。ヨンファとギハンは舞台に向かう俳優さながら、吸い寄せられるように湖に近づいていった。見えていなかった鳥が群れになって高く飛び立ち、騒がしい羽音とともに一陣の風がヨンファの髪をなびかせた。暑く、まとわりつくような風だった。

「すごく変な場所」

ヨンファが湖を見ながら言った。つるりとした湖面の周辺は、これといった安全対策も取られておらず、片側の何カ所かに数段の粗末な階段が設置されているだけだった。なぜだかわからぬまま、ヨンファとギハンは階段を下りて、湖面に顔を近づけた。黒い二つの顔が穏やかな波の上でゆらゆら揺れた。ヨンファは、ずっと言いたかったことを言うときが、ついにやってきたと思った。単純な話だった。

「あなたは、私が何も知らないと思っているだろうけど、私は全部知ってるの」

ヨンファが静かに口を開いた。

「あなたがどんな人だったか、どんなふうに変わっていったか、私たちがどこから始めてどうやってここまで来たのか。あなたがすっかり忘れてしまった、どうでもいいようなつまらないことまで、私は全部、知ってるのよ」

そのあともヨンファはギハンに二言三言、話しかけた。でも自分が何と言ったのか、ギハンが何と反応したのかは、最後まで、かなり時間が経ったあとも思い出せなかった。

言い終えるとヨンファは横を向いた。隣にいるはずのギハンの姿がなかった。後ろを振り返ると、ギハンの黒い影が灰色の建物の中にすっと消えていくのが見えた。最後まで聞く耳を持たないわけね。ヨンファは絶望したが、そこにはいつもとは違う憤りが交じっていた。今日はやられっぱなしではいたくない。追いかけて腕をぐっと引っ張り、最初からもう一度ちゃんと聞くようにと強く言いたかった。ヨンファは息巻いてギハンの影を追い、建物の中へと入っていった。中は暗く静まり返っていた。一歩足を進めるたび、湿ったセメントの匂いが立ちのぼる。誰かを家に送り届ける機会を失ったエレベーターの、固く閉ざされたドアがぼんやりと正面に見えた。完成していたらすてきなマンションになっていたかもしれないのに。不意に耐え難い疲労が押し寄せた。取り立てて必要ないことばかりの、つまらない一日だった。早くこの一日を終わらせたいのに、力が湧かなかった。

知らない。ヨンファは呟いた。そうよ、私は、知らない。あの人の言うとおり、何も知らないんだ。ヨンファは目を閉じて、エレベーターの向かいの非常階段に腰かけた。暗闇の中でそうしていても、怖いという感覚すら湧かなかった。ただ、これが永遠の終わりだったらどんなにいいかと願った。それが夢の中の願いなのかさえ、わからないまま。

すとんと眠りに落ち、二度ほど頭をゆっくりと上下に揺らしていたヨンファは目を開けた。嫌な予感がし、勢いよく外へと駆け出していた。あなた。ヨンファはギハンを呼んだ。あなた、あなた、あなた。

何の返事もなかった。

最初、ヨンファはギハンが森から完全に消えたのだと思っていた。永遠に行方がわからなくなり、二度と発見できないだろうと信じて疑わなかった。ところが警察の出動から二十分で、ギハンは湖岸の岩の真下で発見された。顔は水面に出ていたが、肺全体に水が溜(た)まり、すでに回復は見込めないほど脳に損傷を受けていた。何度か入念に警察で取り調べを受けたヨンファに、特に疑わしいところは見受けられなかった。ギハンの事件は転落事故として処理された。そしてようやく、ヨンファが憧(あこが)れていた、望みどおりの静けさが人生に訪れた。

ギハンは植物状態に陥(おちい)った。だがヨンファはその言い方は絶対、妥当ではないと思った。ギハンの体は植物という別名をつけるにはあまりに大きくて、重たすぎて、汚すぎた。どうして無能になった動物を植物になぞらえるのか、ヨンファには理解できなかった。

ヨンファは長年積み立てた貯金を取り崩し、ギハンの入院費に充てた。もうぼちぼち働かないといけないというプレッシャーに苦しめられたが、これまでのところなんとか持ちこたえていたため、働きはじめる時期をじわじわと先延ばしにしていた。少しでもいいから、ひっそりと一人だけの空間で暮らしてみたかった。それでとりあえずはそうやって過ごした。静かで平和な家で、ヨンファは花に水をやり、カーテンを取り替えた。ラジオ番組に投書してちょっとしたプレゼントをもらったりもした。家の中の空気は次第に変わっていった。あえて言うなら、アミの塩辛の臭いがなくなって、ヨンファだけの体臭と日光の匂いに満ちた家になった。一週間、ギハンの病院に通い詰めたあとの週末前の夕方には、ヨンファは必ず銭湯(モギョクタン)に寄って体をきれいに洗った。どうしてそうするようになったのかは覚えていないが、それはまもなく儀式になり宗教になった。

子どもたちが訪ねてきて一緒に夕食を食べるとき、家の中はしばらく重苦しい雰囲気に包まれた。家庭を築いた娘夫婦と教師になった息子は、ギハンに同情して目を赤くした。姉と弟は、数えるほどしかない幼い頃の記憶を引っ張りだしては、時折わっと泣き出した。ヨンファはうなずいたり涙ぐんだりした。どちらの反応も本心だった。ところが、息子が彼女を連れてきて、こう言ったときは、言葉に詰まってしまった。

「父はすごくいい人だったんだ。でもそう思っていることを父に伝えるチャンスが、僕にはなかった」

息子はギハンとほとんど会話しなかった。中学のときに数回、頬(ほお)をぶたれて関係がこじれて以来、大人になってもよそよそしい、ぎこちない関係のままだった。ヨンファは、息子が父親と和解するチャンスがないまま、永遠に関係が断ち切られたことをときどき不憫(ふびん)に思っていた。だから逆に、みんなの前でギハンを許したその発言は、息子がそう遠くない未来、父親になるという宣言にも聞こえた。

不可能に思えたギハンの介護は、綱渡り状態だったが長く続いた。大変で死にそうなときもあったし、握りしめている命を、いい加減ギハンが離してくれたらいいのにと思うときもあったが、そうしてまた一日一日をなんとか生きて、それがひと月になり、一年になり、三年になった。ギハンはそれ以上、回復も悪化もしない状態のまま寝たきりで過ごし、時間の経過とともに、子どもたちの記憶の中ではだんだんと、いい人、理解できる人、哀れな人、生きているのに懐かしく思うしかない人になっていった。一人の人間に対する記憶と感情が溶け合い、擦り減っていくこと。ああ、それも悪くはないのかも。ヨンファはそう思ったりもしたが、心の奥底では、あの晩、湖で何があったのかをたびたび思い起こしてみることもあった。

どう思い返してみても、私がやったんじゃない。だとすれば、何が起こったの。

ときどき、そんな叫びがヨンファの心の中で静かに響いた。その声を鎮めるために、ヨンファは花に水をやり、詩に曲をつけた歌をハミングした。

長女の子どもが四歳になるまで、ヨンファは見返りなしにしょっちゅうその子を預かった。娘はたまに小遣いを握らせてくれたが、ヨンファは無駄遣いすることなくそのお金を貯めておき、孫のお菓子代や洋服代の足しにした。スーパーを経て、百貨店の食品売場のレジ係として働きだして、すでに二年が経っていた。

ある日、フランス産のミネラルウォーターをどっさりレジに置いた客に声をかけられた。あら、ヨンファじゃない。スッキだった。ヨンファはスッキが選んだ商品のバーコードを読み取りながら応対した。スッキは、ヨンファの休憩時間までわざわざ待つと言って聞かず、少しして、ヨンファはもやもやとした気持ちを抱えたまま百貨店の四階のコーヒーショップへと急いだ。ギハンがあんなふうになってから、ヨンファも同窓の集まりから足が遠のいていた。スッキの顔は以前よりもふっくらして、パーマのかかったウエーブヘアは相変わらずボリュームがあって艶やかだった。

一時期、問題を起こしていた息子は同じ会社で昇進し、最近結婚もして、自分も少し前に新たなパートナーと婚姻届を出して同居を始めたというスッキの言葉に、ヨンファはすっかり驚いた。ただ耐えるようにしてずっと生きてきたスッキが、あえてそんな選択をするとは、意外でならなかった。実際スッキは満足そうに見えた。彼女は、資産家で気が利く今の夫と出会ったいきさつを長々と喋りまくり、そのせいで、ヨンファの休憩時間はほとんど奪われてしまった。ヨンファは口をつぐんだまま、優れた聞き手の姿勢を崩さずに、時間が過ぎるのを待った。そのせいか、もうそろそろ行かなきゃ、と告げたとき、スッキが口にした言葉はヨンファを狼狽させた。

「ところで、ヨンファ、大丈夫なの？」

スッキはどこから聞いてきたのか、ギハンの話をすでに知っていた。ヨンファは、つらいことはつらいけど頑張らないと、どうしようもないからと言って、スッキの言葉を切り捨てようとしたが、スッキは強引だった。自分が知っているヨンファの話をいちいち挙げては、本当なのか確認しようとした。スッキの口から再生されるヨンファの人生は、冴えなくてボロボロで、悲劇的だった。ヨンファは微かに笑い返した。

「大丈夫、私は。本当に」

スッキがふっと笑った。

「そんな平気なふりなんかしなくていいのに。私にはそんなことする必要ないでしょ」

「どういうこと？」

スッキの笑顔を不自然に感じ、ヨンファは訊き返した。

「あなた、いつも私に言ってたじゃない。つらいって。死にたいくらい、殺してやりたいくらい、うんざりしてるって」

スッキがひそひそと囁(ささや)いた。ヨンファの頭の中がぼんやりしてくる。そうだったの？　私、スッキとそこまで親しかったの？　まさか。親しかろうが絶対に、誰にも、何も、言ったことなんかない。ヨンファは、いきなり目の前に現れて、自分の人生をさも知っているかのように話すスッキに怒りが込み上げてきた。それをどう表現すればいいのか、思いあぐねていたとき、スッキが小声で最後に駄目押しした。

「あら、心配しないでよ。私、誰にも言ってないから」


その日の夕方、ヨンファは孫娘と公園に行った。孫は同じ年頃の子たちと、ブランコに乗ったり、走り回ったりしながらキャアキャアはしゃいでいた。ヨンファは隅に座り、その昔ギハンと行った、ギハンと最後に会話を交わした、あの場所を携帯で検索した。

どうやって問題が解決したのか、なんとあの場所には新しいマンション団地が建っていて、すでに分譲も終了し、あとは入居待ちという状態だった。はしゃぎまわる子どもたちと、ベンチに腰掛けて本を読む高齢者、自転車に乗る若者。そんなイメージが、マンションのキャッチコピーで謳(うた)われていた。

ところが、湖は見当たらなかった。湖があった場所には、自習室や休憩室が入った小さな建物が建っている。ヨンファは検索ミスをしていないか何度も確かめたが、結果に変わりはなかった。

こんなことが可能なの？　ヨンファは繰り返し自問した。どうしたら、こんなことが可能なのよ。そして突然、答えに行き着いた。可能だわ。可能だからできたんでしょう。できたってことは可能だってことなのよ。可能だったから、今自分が、ここに、こういう姿で座っているの。ぐっと落ち込んだような気分になり、ヨンファはそわそわと落ち着かなくなった。小さなクモが一匹、糸を吐き出しながら巣を張っている。巣が完成に近づくあいだ、公園にいた子どもたちが一人二人と帰っていき、いつの間にか戻ってきた孫娘がヨンファの膝(ひざ)に座りながら、昔話をせがんだ。

思いつく話などなかったが、ヨンファはとりあえず話しはじめた。

「むかしむかし」

孫は黙ってヨンファが話すのを待った。

「おばあさんは、おじいさんと一緒に暮らすことになりました。その家はとてもきれいな家でした」

ヨンファは口を閉ざした。そのあとに続く話が思いつかない。それでも孫に、それで？　それから？　と促され、口から出るに任せて答えてやっているうちに、ヨンファの物語は知らぬ間にはるか遠くへと広がっていった。

ギハンとやりとりした手紙。子どもたちを出産したときの喜び。初めてギハンが昇進したときに食べた桃の記憶が蘇(よみがえ)る。笑いや小さな喜びの数々、日差しの中で誓ったいくつもの小さな決心、泣き止(や)んだあとのはちきれんばかりの笑顔や笑い声を素材に、ヨンファは美しい話を紡ぎ出した。物語の中のヨンファの人生は、幸せで穏やかで、家は安全で温かな巣だった。そうやってヨンファは童話の中で娘を産み、息子を産み、その娘は結婚し今の孫娘を産んだ。話し終えると、孫娘がヨンファをぎゅっと抱きしめてくれた。

「ねえ、おばあちゃん、なんで泣いてるの？」

孫がヨンファの頬を伝う涙を指でつんとつついた。ヨンファ自身、理由がわからず少し黙りこくった。孫娘は純粋に気になるようで、なんで泣いてるのと何度も訊いてくる。とうとうヨンファは答えを教えた。

「このお話の終着点（おしまい）が、おまえだからよ」

そう言った瞬間、ヨンファは、今を後悔したり、引き返したりすることはできないのだと悟った。すべてのことを元に戻し、起こらなかったことにするのは不可能だった。だったら可能なほうを選び、そちらの味方をしてあげなくてはならなかった。可能で確実なものは、目の前に見えている、この真新しい無限の子どもだった。

さっきから次第に曇りつつあった空から、雨が激しく降りだした。何度も手を引っ張ったが、それでも孫は遠くに走っていこうとした。ヨンファは孫をさっと抱きかかえ、体の向きを変えた。ぱらぱら、バラバラバラ、風があちこちに方向を変えながら、雨にリズムをつける。

ヨンファはゆっくりと家に向かって歩きだした。家の中には誰もいなかったけれど、当然そうでなくてはならなかった。いつものように、今も、そしてこれからも、帰らなくてはならなかった。ギハンが招待してくれた、彼女が喜んで応じた、逃げだそうとしたけれど常に戻ってくることになった、あらゆるものを押し込めてきた、彼女の小さな宇宙に。

アリアドネの庭園

老いた女になるつもりはなかった。一日、また一日と生きていたら、今日という日に辿（たど）り着いただけのことだ。時折、ミナは二十代だった頃の自分を思い浮かべてみる。あの頃のたくさんの小説、映画、ドラマに出ていた元気いっぱいのヒロインたちと同世代だったとき。当時は誰が見ても、ミナが、ミナの世代が、世の中の主人公だった。今日の次に訪れる日はワクワクする未知の明日だった。ましてや老後のことなど想像もできなかった。せいぜい思い描けたのは、ほどよい騒音が聞こえる、のどかな海辺に似た遠い未来だった。その中で、若さの生気を失ってはいても、ミナは依然として美しい顔で、しわのある誰かの手を優しく取りながら遠い水平線を眺めているのだった。

つまり、今迎えているような今日は、自分とはまったく無縁の、他人のものでなくてはならなかった。

自動音声が一本調子にバイタルデータを読み上げる。ビタミンDが不足しているという総合面のアドバイスが終わると、即座にカーテンが開き、鋭い日差しが部屋を満たす。かつては映画の中だけの近未来の風景だったが、今や懐かしの旧式技術だ。突然の光の噴射に、床も、壁も、月に一度洗う白いシーツもまぶしく輝く。

ミナはゆっくりと体を起こした。動くたびに感じる、この重くこわばった感じがいつから肉体を支配しているのか、思い出そうとするけれど、まったく覚えていない。土の中へと手招きする重力に逆らう、節々(ふしぶし)の必死のあがきが虚(むな)しく感じられる。そうして今日も彼女は壁にかかった鏡に映る、自分の顔と向き合う。まったく予想だにしなかった老いてしまった顔が、はあはあと苦しそうに息を吐いている。こんなに明るい日差しの下(もと)ですら、鏡に映るしわや、張りのない薄い皮膚に美白効果は望めない。その点では、人工光ではあるけれど現実的な鮮鋭度とも言えるだろう。

壁の片隅からモーツァルトの旋律が高らかに響く。食事の時間を告げる合図だ。その音楽にミナの体は小さく反応する。その昔、学校の休み時間を知らせるチャイムもこの音楽だった気がする。それとも宅配便が無造作に置かれたあとに、小さなマンションじゅうに響き渡っていた呼び出し音がこれだっただろうか。ウィーンに旅したとき、シェーンブルン宮殿の夏の音楽会で聴いた、ウィーンフィルのアンコールもこの曲だったような気がする。あの頃は何もかもが飛ぶように速かった。歩くことも、呼吸も、友だちに呼びかけられてぱっと振り向く動作までもが。今は体の動きが錆(さ)びついている。それなのに生きることへの本能には抗(あらが)えない。今ではモーツァルトの旋律は、学校と宅配便とシェーンブルン宮殿をおしのけ、ミナの耳に飛び込んだ瞬間、口を唾液(だえき)で満たし、空腹を覚えさせる。おぞましい本能だ。

　すっかり毛羽立ったスリッパがもたもたと床を掠(かす)る。足取りは重いがスピードが落ちることはない。食事の時間に間に合わなければ食べることができなくなる。それがミナの暮らしているユニットDのきまりだ。ユニットA、B、C同様にユニットDもまた、各地にまんべんなく存在する。高齢者人口が総人口の絶対多数を占める現代社会においては、ユニットの存在は不可欠だった。ミナが暮らすユニットDの正式名称は「アリアドネの庭園」だ。それぞれのユニットにはさまざまな名前がついていて、誰もユニットのことをおおっぴらにA、B、C、Dなどとは呼ばない。それでも、以前の賃貸マンションの名称がそうだったように、アリアドネの庭園は、その名を聞いた瞬間に、Dランクだという烙印(らくいん)を押されてしまう場所だ。かつてはミナも、婚活市場で最上級の会員ランクに属していた。しかし今や、最下位のFランクよりかろうじて1ランク上の、ユニットDのメンバーにすぎない。いつの間にか重ねてしまった年齢のように、人生の指標とランクも、数多くの日々を経た結果、こうなった。

　だけど、今日のミナの気分はさほど悪くない。彼女には待ち焦がれていることがあるのだ。

高齢者だけで構成される食事の風景は、決して静かではない。聞こえてくる音は活気ではなく騒音に近い。加齢は行動から慎み深さを奪っていく。相当の集中力と自覚がなくては静かにてきぱきと動くこともできなくなる。体が鈍ってくるせいでもあるが、自分が出している音がよく聞こえないためでもある。ガチャガチャぶつかる食器の音、不用意にクチャクチャ立てられる音、あちこちから聞こえてくる、体内の絡まった痰をどうにか吐き出そうとする音。それらの音に食欲が落ちてもよさそうなものだが、当人たちは構うことなく食事している。ユニットAでは、ほとんどこういうことはなかった。ユニットBに移ったときも少数にしか見当たらなかった。それが、ユニットCからこのような光景が増えていき、ユニットDでは当たり前になる。そんな騒音の中で日々繰り返される、大人げない喧嘩、決まりきった話題、どうでもいい悪口と口論の末に時折発生する暴力を目撃することに、今ではミナもすっかり慣れてしまった。

食堂のテーブルには、あらかじめ料理がよそってあるトレイが並べられている。ミナは女性用エリアの一番奥のテーブルを目指して根気よく移動した。そこが本物の太陽の光に当たることができる限られた場所だからだ。ところが、腰掛けようとした瞬間に、誰かが向かいの席にどっかと座り、日差しを半分くらい奪ってしまった。

「やかましい年寄りたちだこと……朝っぱらから、ムカムカするったらありゃしないわね」

　しゃきっとした声で話すのはジユンだ。ジユンは向かいのエリアの男性たちを睨みつけながら、しわの寄った薄い唇をもごもごさせて、彼らの言い争いの裏にある個々の事情を事細かに説明しはじめた。二言目には、年寄りがどうのと言うジユンを見るたび、自分は若いつもりでいるんだろうかと首を傾げたくなる。

　ジユンはミナと同じ階の、すぐ隣の部屋に住んでいる。ユニットＤに来た当初は、話し相手ができて嬉しかった。二人は同い年で共通点も多かった。ミナがＵ２の来韓公演に行ったと言えば、ジユンはイギリスでオアシスのコンサートを観たと話した。二人は同じエリアの大学に通っていて、同時代のカルチャーと直近の世紀末を経験していた。そのせいか、ジユンとのお喋りはミナにとって、またとない気晴らしになった。ところが、ほどなくしてミナはジユンの相手をするのが苦痛になりはじめた。ジユンに自分の好みや過去を打ち明けたことも後悔した。共通点はまさにそこまでだったから。その後は、つまり三十代半ばからは、ジユンとミナの人生はまったく異なる軌跡を描き、はるか彼方に遠ざかったかと思いきや、不意にここ、ユニットＤで奇妙な接点を持つに至った。

ジュンのお喋りは過去の自慢話ばかりで、隠す気すらなさそうな露骨な優越感は想像以上のものだった。夫との恋愛話、恵まれていた結婚生活、熱を入れた子どもたちの塾通い、不動産と株で築いた資産の話は、ミナとはまったく別世界の、つまらないおとぎ話の中の物語だった。

ミナは結婚も出産もしていなかった。それでもプライドを持って真面目に働いた。会社はソウルの中心街にあったが、オフィステル（複合型のワンルームマンション）からスタートしたミナの住まいは、次第にソウルから遠ざかり、定年間近になったある年、首都圏郊外にようやく小さな中古マンションを手に入れた。早くに結婚していたなら、借金してでもなんとか中心部に家を購入していたなら、すべてが今と違っていたんだろうか。ミナは自分が歩まなかったもう一つの人生のほうが、もしかしたら正解だったのではという疑問と後悔に、人生の後半苛（さいな）まれ続けた。ジュンに出会ってよかったのは、人生に正解なんかない、と知れたことだ。ジュンには悪いが、実際、それはかなりの安心材料になった。誰もがうらやむような、理想的な人生を過ごしたジュンも、結局はユニットDにいるのだから。

両親が亡くなると、一人いる下のきょうだいとも自然と疎遠になり、ミナは家族がいないも同然になった。定年退職後、あちこちで小遣い程度は稼ぎながら暮らしていたが、ミナの小さなマンションで貰（もら）える住宅年金（高齢者が自宅を担保に年金受給できる制度）だけでは、その先の長い老後生活を考えると心許なかった。そこでミナは自らユニットへの入居を選んだ。長い期間、計画的に準備してきたこともあって、当然ユニットAからのスタートだった。暮らしは快適で、入居者たちは最上位の富裕層とまではいかなくとも、上品で文化的だった。国からの補助金は出たが、少なくない額を自己負担した。ミナは、自分の人生の終の棲家は、さすがに最低でもユニットBだろうと思っていた。想定外の長生きによって、ユニットDまでランクダウンするとはまったく予想していなかった。その点では、もしかしたらジユンのほうが、ミナよりもはるかに絶望を覚えているかもしれない。にもかかわらず、ジユンと一緒に居続けると、ミナはしょっちゅう耐え難い感情に襲われた。たかだか自分ごときに哀れな優越感を抱くジユンが、不憫でもあり、煩わしくもあった。

自分の話にミナがあまり反応しないことに気づいたのか、ジユンがミナの顔をじいっと見た。

「何かいいことでもあるのかしら?　いつもと表情が違うわね」

かまをかけるような言い草に、ミナはそんなことはないと答えながら、ご飯を口に運んだ。もちろんそこで引き下がるようなジユンではなかった。

“Tell me. What makes you so thrilled?”

ジュンはかすれ声でささやいた。ネイティブの発音とまでは言えなくても、子どもの頃から英語に慣れ親しんでいたとわかるイントネーションと話し方だ。結婚後は夫とアメリカで三年も暮らしていたというから、不思議でもなんでもない。けれど、ジュンが英語で話すのはよくないことの前兆だった。このあとに起こりうる行動パターンが予想できたから。

"Oh I see. They're coming."

'They' にアクセントをつけて、ジュンが微妙な表情でそう言った。

「そう、久しぶりなの」

臆(おく)することのないミナの返事に、ジュンは顔中にしわを寄せ、まるで荒地の魔女(『ハウルの動く城』の登場人物)が不吉な兆(きざ)しを予言するみたいに歯ぎしりした。

「言ったでしょうが、あいつらを入れたら絶対にダメだって。信じちゃいけないって」

ガラガラ声でうなるジュンの濁った目が、鋭く光るほど水分を帯びた。悲しみやつらさを代弁したのではなく、ただ何かの感情が昂(たかぶ)ったからにすぎなかった。白目と黒目の境のぼやけた瞳(ひとみ)がぎらつき、こまかな角度でひっきりなしに動く。ときどき、休憩室でオペラが流れると、ジュンは遠くを見つめながら歌に合わせて小さな声で口ずさんだ。ミナはジュンがワンピースをなびかせながら闊歩(かっぽ)していたであろう美しい家を想像した。リビングから漢江(ハンガン)を見下ろし、イタリア語でプッチーニのオペラを歌っていたであろうジユンを。

「食べたらどう。たくさん残ってるじゃない」

話題を変えるために放った言葉が、ジユンの怒りを買ったようだ。次の瞬間、ジャガイモの煮物が飛んできた。ミナの頰(ほお)に醬油(しょうゆ)がだらりと垂れた。トレイがひっくり返り、押し出されたテーブルにぶつかったみぞおちの下のほうがじんじんした。いつの間にか立ち上がっていたジユンが、テーブルを叩(たた)き大声でわめいている。英語で罵(のの)り、呪(のろ)う言葉が室内に響き渡る。アラームが作動し近づいてきたＡＩロボットが、ジユンを連行するように引っ張っていった。両手を動かせない格好(かっこう)でロボットに連れて行かれるジユンから、ミナは目を逸(そ)らした。そして黙々とぱさついたご飯を咀嚼(そしゃく)した。

自室に戻る途中、ミナは苦情処理担当のＡＩを呼び出し、ジユンとの一件を報告した。苦情相談室はないが、音声で呼び出せば、いつでもホログラムのＡＩが現れる。入居者たちの実態把握に役立つ陳情を提供すれば、生活評価指数であるＲＵが上がるため、ささいなことであっても報告を忘れてはならない。ＲＵは単なる生活評価指数であるだけでなく、現金のようにも使えるので、ＲＵを貯めるのはとても重要だ。だがユニットDのメンバーはそういったことにも興味を示さない。彼らが慣れ親しんでいるのは、無気力でいることと何かを責めることだけだ。

受付と事実関係評価は一瞬で終わり、空中にぷかぷか浮いた仮想のＡＩは、ミナの生活評価指数が〇・〇三点アップしたと報告した。

「ミナさんはとても真面目な方のようですね。こうしてコツコツとＲＵを貯めていくのは並大抵のことではないのに、大変まめでいらっしゃるので」

ミナはきびきびとしたＡＩの音声に皮肉が交じっているのを感じた。ユニットＢから寄贈された古い感情型ＡＩだが、ときどき思いもよらない言葉を漏らす。「どうせ単なるプログラムなんだから」と自分に言い聞かせても腑に落ちない部分があった。欠陥なのか意図的なのかはっきりせず、どうも気分がすっきりしない。

「ミナさん、お客様がお見えです」

通りすがりの事務員ＡＩが声をかけてきた。そう聞いた途端、ミナの胸に喜びが広がる。今ミナをこんな気持ちにさせてくれるのは、あの子たちだけだ。一瞬にして物憂い倦怠感を脱ぎ捨てたミナは足を速めた。廊下の端にある自室のドアが少し開いていて、その隙間から光が漏れている。ミナは嬉しくなって重いドアを押した。

「おじゃましてます」

光の風景の中でユリとアインがこちらを見る。光を背に座るユリと、すらりとした立ち姿のアイン。美しい構図の絵画のように、彼らがミナを見守っている。

ミナは配付されたローズマリーのティーバッグを古いカップに入れて熱湯を注いだ。この子たちが来ただけで、無彩色だった部屋がぱっと華やぐようだった。ピンクの地にゴールドのライン入りの、厚手の丸首Tシャツを着たユリが、熱くなったティーカップをそろそろと受け取った。腰まであるユリのウェーブヘアは光が当たるとグレージュカラーに変わる。三日月を思わせるアインの目は、夜の海を連想させた。ミナはふっと鼻をかすめた自分の体臭が気になったが、さいわい彼らは気にかけていないようだった。

「前回の大聖堂のお話は、眠れなくなるくらい面白かったです」

ユリがお茶を一口するよりも先に話しはじめた。いきなり本題に入る若さが清々（すがすが）しい。

「露店でタロット占いをしてくれた人とは再会したんですか？『運命ならもう一度』って言ったという、あの男の人のことです。その続きに想像を膨らませていたら、なんだかときめいて夜眠れなくなっちゃったんですよ」

「急（せ）かしちゃだめだよ。びっくりされるだろう」笑顔を浮かべながらアインがユリに注意した。自分たちの言語で最後に何か言い足したが、それを聞いたユリの瞳が小刻みに揺れ、ためらうような表情になった。舌の上に熱いジャガイモを載せて転がすような発音と、短く途切れがちな促音だらけの彼らの言語は、ミナにとっては理解できない音楽に近かった。アインに手短に言葉を返したユリが、目を輝かせながらミナを見た。

「でも聞きたいんです。おばあさんのラブストーリーはとても面白いから」

ユリはミナの話を聞くのが好きだった。聞き上手なユリがミナの話に耳を傾けているあいだ、アインは黙々と丁寧に部屋を片づけていた。二人が来ると、小さな部屋の中はすっかりミナの空間になる。客を招いた主(あるじ)になった気分。ちょっとは大切に扱われるべき人間になったような感覚。そんな喜びを二人はミナにもたらしてくれた。

ミナの話のレパートリーのうち、ユリのお気に入りは断然、ラブストーリーだった。同じ話を何度聞かせてもらっても構わないと言うほどに。愛のない人生など無意味だと思っていた時期が、かつてミナにもあった。だから自分が経験したいくつかの恋を物語にして聞かせた。その幕切れはいつも美しかった。拙(つたな)さや裏切り、どん底の汚点を残すような関係は一つもなかった。ミナの恋はドラマチックで、運命的な出会いで始まり、余韻を残しつつ終わった。いつしか歳月に溶け込み、地平線に沈んでいく赤い太陽のように。恋は、過去の恋はすべからく美しくあるべきだった。せめて物語の中の恋だけは。そして今日もミナは話しはじめる。

「それで私はサグラダ・ファミリアの灰色の階段を上っていったの。その日に限って人がいなくてね。信じられる？　あんなに人でごったがえす観光地なのに、不思議とその日だけは人もまばらだったの。あの狭い階段に私一人だけだったんだから。ぐるぐる回りながら上がっていったら糸車を回す魔女の部屋が現れるんじゃないかって思ってしまうくらい、果てしない階段だったわ。ところが階段のてっぺんに辿り着くと、それはすばらしい風景が広がっていたのよ。そしてそこに、彼が立っていたというわけ」

ミナの目の前に、完工するはるか以前のサグラダ・ファミリア――カタツムリの家みたいにまるく曲がりくねった、螺旋(らせん)階段が浮かんだ。怖いもの知らずで、きらきらしていた贅沢(ぜいたく)な季節だった。風に吹かれた人の好(よ)さそうな顔。理知的に見えるのにソフトな印象。ロマンチックで激しい、昼間のように明るかった彼との夜。いくつもの大陸の血が混じった自分は無国籍者だとうそぶいていた、捉(とら)えどころのない男……今もその息遣(いきづか)いが肌にかかってくるように生々しく、ミナはふうっと長い息を吐き出した。

夢見るような眼差(まなざ)しのユリのうしろに、窓を拭くアインの姿が見えた。アインが古い記憶の中の男と似ているとふと思った瞬間、ミナの意識は一気に現実に引き戻された。じつのところ、その男の名前すらちゃんと思い出せなかった。急に、色褪(いろあ)せた髪と濁った瞳で愛を語る自分が欲深く思えた。

アインが拭いている窓からきゅっきゅっと音がする。二重窓で中が空洞になっている。窓が曇っているのは内側についた埃（ほこり）のせいだろう。いくら磨いてもきれいにならない窓が、自分の今の境遇と似ていると、ミナは思う。自分語りに夢中になっていたときはわからなかったが、ユリは欠伸（あくび）をしていた。目を輝かせて聞き入っているものと思っていたのに、もしかしたらずっと眠そうにしていたのかもしれない。いつも浮かんでいたはずのアインの儚（はかな）げな笑顔も見当たらなかった。ミナは急いで話を終わらせた。深い好意を寄せてくれていると思っていたのは、自分だけの一方的な思い込みだったんだろうか。

ユリとアインは、ユニットに寄って掃除とお喋りの相手をしてくれる福祉パートナーだ。ＡＩに振替可能な仕事に就く人、それも二十代半ばの若者に出会う機会はそう簡単には巡ってこない。福祉パートナーとのマッチングは申請を通して行われるが、手続きだけでもＲＵを相当差し引かれ、しかも契約が成立する確率は極めて低い。中でもユニットＤでマッチングが成立するケースはほとんどない。だから入居者の多くは、ただですら足りないＲＵをおやつや日用品の購入に使ってしまう。でもミナは違った。彼女はかなりのＲＵを使って申請し、長いあいだ待ちわびた末に、この子たちとのつながりを手に入れた。チャンスをものにするには大胆に投資しなければならない。振れ幅のある人生の曲線を駆け抜けた末に、今はユニットDの一員でしかないが、今からでもそうやって生きなくては。チャンスはチャンスを生み出す。この活気の失われた場所で、ミナは何としてでもチャンスを見出(みいだ)さなくてはならなかった。

まさかこんな世の中がやってくると誰が想像しただろう。わずか数十年で移民がここまで急増し、単一文化が完全に崩壊するなどと、誰が言い切れただろう。予想できなかった未来ではない。懸念交じりに予測しつつも、まさかそこまでにはならないだろうと思っていたのだ。それでも、移民政策に失敗した各国の例を挙げ、他の民族の気質に言及しながら誰もが強く否定し、反対した。そうした意思表明が現実を食い止めてくれるだろうと信じながら。いずれにせよ、ほとんどの「現在」がそうであったように、これもただの古い過去に過ぎないけれど。

いつのことだっただろう。ミナの額(ひたい)の生え際(はえぎわ)に白いものが目立ちはじめた頃からだった気がする。少子化問題は、とうに国内だけでは解決できなくなり、かといって放置しておくわけにもいかず、もはや方法は一つしかなかった。国民の強い反対にもかかわらず、政府は急速に低下した出生率による国難を食い止めるために、移民受け入れ政策の実施に踏み切った。各国からの移民がなだれ込み、まだ社会的な対応策が具体化され適用されるよりも前に、突如、南北間の開放が実現した。かつてない混沌(こんとん)

が小さな国を襲った。単一性に支配されていた悠久の文化が、多様な人種と階層のるつぼへと変貌（へんぼう）した。この国が常々そうであったように、あらゆる変化が瞬時に起こった。

まだ若いとき、そんな内容の新聞記事を読んでいたら、どう反応していただろう。鼻で笑うか、まさかそんなことはありえないと思うか、あるいは、ほんの一瞬だけ心配して、日常に戻っていたんじゃないだろうか。だけど、未来はいつも想像を飛び越えて、あっという間に現在を占拠する。その時点から振り返る過去は、愚かしく無邪気に見えるだけだ。

ユリとアインはどちらもこの国で生まれ、本国には一度も行ったことがなかった。実際、この子たちが本国と呼べる場所は、すでに地図上から消えたも同然だった。つまり、間違いなくこの子たちはこの国の国民だ。それでも彼らの家庭では本国の文化が未（いま）だに残り、家族の言語は次の世代へと確実に伝えられている。この子たちはその境界を行ったり来たりしながら生きてきた。欧米では百五十年前から幾度も起こってきたことだ。それでも自国でのこうした変化には、ミナは依然として慣れないと思うときがある。

「適当なところで終わりにしてね。無理しなくていいから……」

　タオルをきちんと畳むアインにミナが声をかけた。アインは微笑むと、頑なにそのまま作業を続けた。ユリほどの気立ての良さはないけれど、アインは真面目な子だ。

「おばあさんは私たちのことをかわいがってくださるから好きです。隣の部屋のおばあさんはそうじゃないんです」

　ユリが言った。

「そうなの？」

やさしく訊き返しただけなのに、アインが動きを止めた。その繊細な眉間にうっすらとしわが刻まれる。

「はい、来るたびにばったり会うんですよ。どこからともなく現れては、僕たちみたいなのは全員追い出してやるって大声を出して。消え失せろって罵られたり、呪いの言葉を浴びせられたり。告発してやるっていう脅しと共に。僕たち、何一つ悪いことはしてないのに。どうしたらあんな年寄りになるんでしょう。年を取ったらみんなあんなふうになってしまうんですか」

　相当興奮しているのか、話し終えても、アインは自分が失礼なことを言っているかもしれないとは気づいていないようだった。ミナは部屋の中にぎこちない空気がたちこめないよう、無理に笑顔を作った。

「年老いたらどうなるかは誰にもわからない。変わるということ以外、確かなことはないからよ。あなたたちが会ったそのおばあさんも同じなの。名前はジユンって言うんだけど、誰ももう名前では呼んでくれない。ジユンはすごくたくさんのものに恵まれていたの。だけど、もうそれが一つも残っていないのよ。自分でも気づかないうちに消えてしまった名前みたいにね」

そう言いながら、ジユンに対して同情の念が湧いた。それは、やがて秘かな誇りに変わった。そういうことなら、多くを失ったジユンよりも、失うものが少なかった自分のほうがマシなのかもしれない。そうは言ったところで同じユニットDのメンバーなのだが、その現実を忘れたまま、ミナはしばしそんな思いに浸った。その間、二人はまた自分たちの言語で話しはじめた。今度はずいぶんと長話で、しばらくミナは黙って待たなくてはならなかった。

「ところで、おばあさんの夢は何ですか?」

いきなりアインが質問をぶつけてきた。アインの口から出てきたにしては、あまりにも唐突な質問だった。

「あ、つまり、どんな夢を見ますかということです」アインが言い直した。「近頃、よく夢を見るとおっしゃっていましたよね」

そういえばそうだ。老年期に差し掛かった頃は、あんなに眠れなかったのに、あるときから一転して、だんだん睡眠時間が長くなっている。眠りに就いているあいだ、ミナの頭の中はありとあらゆるイメージと登場人物でひしめき合っている。眠りから覚める瞬間があれほど朦朧（もうろう）としているのは、夢の終わりがまだ眠りを握りしめているからなのかもしれない。それなのに夢の内容はほとんど覚えていない。断片的なイメージだけが色褪せた写真のように、ぽつぽつと思い浮かぶだけだ。眠ることが増えるというのは、死に近づきつつあるという意味ではないのか。死。完全なる終わり。じつは死こそが、ミナの秘密の夢だった。

　もちろん若い頃も死を考えたことはあった。現実から逃げ出したいとき、深く絶望した瞬間、誰もがそうであるように、ミナも本能的に死に思いを馳（は）せた。でも今はあのときとは違う。もうミナにとって死は逃避ではなく、本心からの望みであり、切なる希望だ。

　死というものほど階級が露（あら）わになるものもない。はるか昔から、死は階級を表す手段だったし、現代でもそれは同じだ。だが死は進化を遂げた。以前にはなかったいくつかの形態とタイプが誕生したのだ。

　最上位の階層は、肉体が消滅したあとも脳の情報をデータ化して保存する。倫理上の問題が解決された未来には、一人の人間のすべてのデータが別の人間の体にＵＳＢ

のように挿入されて、あちこちの肉体に乗り移りながら永遠に生きられるようになるのかもしれない。さいわい二十一世紀後半の現在でも、その領域は依然として未来の出来事だ。現代の最も普遍的な死はＭＯ、かつては安楽死と呼ばれていた死だ。二十世紀の半ばから誰もが夢見た尊厳死の最たる形が、普遍の領域に入り込んできたのだ。

　もちろんＭＯにも一定以上の費用か、あるいは家族の同意が求められる。表向きには人権のためだとされている。だが今も昔も人権という概念には死角があまりにも多く、人権のために人権が踏みにじられるということがしばしば起こる。単独世帯の安楽死の手続きは煩雑極まりない。個人の死が緻密に計画された殺人ではないことを証明してくれる人がいないからだ。手続きが認められない、つまり費用控除もなく、証明してくれる家族もない単独世帯は、ＭＯという人道的な死の恩恵を受けることができず、伝統的な死を迎えるしかない。伝統的な死と言えば聞こえはいいが、ユニットＦに収容され、肉体が滅びていくのを日々目の当たりにし、醜く消えていく原始的な死だ。そういう死が人類の歴史の大部分を占めていたと言ったところで、この現代社会においては何の慰めにもならない。

　実際のところ、単独世帯のＭＯに強い規制をかけるのは、国の経済を支える大きな軸を残しておくための政策であることをミナは知っている。死んでいない高齢者たちが生き存（ながら）えてくれなければ各ユニットは回らず、体制は保たれない。死は経済だからだ。このままではミナは遠からず最下位層の保護施設であるユニットFに流れついてしまうかもしれない。意識のない重度の認知症患者、病人、他のユニットで問題を起こした者たちだけで構成された、ユニットFでの人生を想像したくはない。路上を彷徨（さまよ）うという別の選択肢もあるが、路上生活は過去と比較にならないほど危険になった。ずいぶん前にできたスラム街では、しばしばむごいやり方で怒りが吐き出される。その標的のほとんどが高齢女性だ。そんな現状でミナがユニットを離れるのは不可能だ。なんとか一日一日生き延びながら、ミナは人生の次の段階への許可が下りるのを待っている。自らが歳月の前で蝕（むしば）まれ、崩れていくのを目にしながらも、命を絶つ勇気がないことを哀しみ、嘆くことしかできないのだ。

それでも、この子たちを前に死が夢だなどと言ってはいけない。それだけは、やるべきことをすべてやり終えた、最後の最後に打ち明けるべきだ。

「おばあさんの話を聞いていると、まるで夢を見ているみたいな感じになるんです。だからうらやましく思うこともあります。私たちは、夢そのものを剝奪（はくだつ）されたようなものだから」ユリが言った。

「僕たちは、島を漂流し続ける放浪者なんです。以前は素朴な夢を抱いているだけだと信じていました。人間らしく生きる平凡な社会の一員として、学校に通い、仕事をして稼いで、日常に満足する日々を生きながら。だけど近づいたと思った瞬間、夢は遠くに逃げていくんです。いつまでたっても夢のままで、目の前にちらついていても、摑めそうなのに、どうしても摑めない」ユリの言葉を受けてアインがそう言った。

「どうしてそんなふうに考えるのかしら。若ささえあれば、何だってできるのよ」自分なりの本心のつもりだったが、どうやらミナの言葉はアインを刺激したようだった。

「まさか本気でそんなふうには思っていませんよね、おばあさん？」アインは声を上ずらせながら嘲笑交じりの口調で言った。ついさっきまで落ち着き払っていた顔にさっと憎しみがよぎり、次の瞬間、堰を切ったように喋りだした。この国に来る前、両親が抱いていた大きな期待、世代が変わってもマイノリティのままで、独りぼっちだった成長期、依然として目に見えない階級の辺境に佇んだままの現在、テクノロジーに押しのけられて生きていく未来……。

ミナは目の前にいるこの子たち——若さを日々、不安の前に差し出している二人を見た。この子たちの、子どもの頃に受けた侮辱、差別を前にしても見て見ぬふりをしなければならなかった記憶、気づかないふりをしてやり過ごすしか自分を守るすべがなかったときの絶望感。ミナはそれがどういうものなのか、あまりにもよく知っていた。けれども、ゆっくりとうなずき、耳を傾けるふりをしながらも、彼女は別のことを考えていた。それでも若さとは、生きるということそのものだったのではないのか。その若ささえあったなら、自分も何だってできるというのに……。

ミナの思いに感づいたかのように、ユリがミナをじっと見据えた。

「一番もどかしいのは、若ければなんでもできると思い込んでいる大人たちです。若さなんて、いらない殻（から）みたいなものです。いっそのこと体まで老いてほしい。残された希望もないのに、長いこれからの時間を耐えていかなければならないだなんて、それは絶望よりももっと苦痛なことです」

いつだったか、ミナも何を考えているかわからない上の世代の言葉にわなわな震え、怒りを覚えたことがあった。彼らがしがみついているせいで自分たちが手に入れられないものに対し、激しく非難もした。それなのに若さが失われつつある頃から、抗（あらが）いようもなく、そういった類（たぐい）の不幸が贅沢な愚痴（ぐち）に思えるようになった。そうやってミナは、確実に自分が嫌悪していた大人そのものになっていった。別の言い方をすれば、年を取るというのは、理解できなかったことを理解するようになるということでもあった。

ミナはじっとうつむいた。揺れている手が見える。しわしわの貧相な手は意思とは無関係に、好き勝手に震えた。ミナはもう一度顔を上げる。ユリがミナの手をやさしく握ってくれた。あたたかくてしっとりとした手。ミナも、目の前にいる二人の若者も、漂流し続ける異邦人にすぎなかった。突然、何だかよくわからない悲しみが込み上げてきて、その感情は、ぐっと押し隠してきた秘密を外部へと押し出した。

「風景だけは美しかったのよ」

ミナはぽつりと言った。そのあとに続く話はラブストーリーではなかった。この子たちに初めて聞かせる、非情な物語の数々がとりとめもなく溢(あふ)れ出てきた。他国で受けた人種差別、女であることで受けた侮辱、働きながら感じた悔しさ。理不尽にまみれた現実の話だった。けれど、そんな絶望の時間にあっても、不条理なほど風景だけは美しかった。イエロービッチと悪態をつかれた異国の観光地、昇進から滑り落ちたあと、こっそり抜け出して泣いた非常口の窓から見た、冷え込んだ都市の全景。ひょっとすると、その数多(あまた)の風景からミナは希望を見出していたのかもしれなかった。人生の手綱(たづな)を手放そうとさせなかった希望を。けれど、ユニットDでは、もはやそのどんな美しさも見つけることができなかった。

ミナの物語は幕を下ろした。いつしか人工光は遅い午後を知らせる橙色(だいだいいろ)に変わっていた。逆光の霞(かす)んだ空気の中で、ミナのほうを向いて座るユリとアインのシルエットが暗くなっていった。

「おばあさんのそんな話、初めて聞きました。僕たちとは別世界の人だと思っていたのに」アインが言った。

「本当に。私たち家族なんですね。そういう意味では」ユリも静かに言った。

その言葉を聞いて、しわだらけのミナの背筋に鳥肌が立った。家族。結局はその言葉を聞きたかったからなのだろう。あのたくさんのRUを惜しみなく注ぎ込んだのも、この子たちが訪れるたび胸が躍った理由も、結局はこの一言に尽きた。

本物の家族までは望まない。家族代行保証があれば十分だ。それがあればミナはMOの資格を得られるのだ。家族代行保証の契約が成立すれば、彼らにも特典がある。ローンの貸付、医療サービス、住まいの提供など、今とは比べものにならない恩恵が生じる。互いに保証し合うことで、別の言い方をすれば、疑似家族になることで得られる利益だ。もしかしたらこの子たちもそれを望んでいるんだろうか。だとすれば、この話をどこから切り出せばいいのだろう。

希望が膨らむミナの耳に、突然、破壊しそうな勢いでドアを叩きつける音が聞こえた。続けてジユンの金切り声が廊下に響き渡り、耳をつんざいた。

あんたらのせいで、あんたらが全部持っていったせいで、あたしはこんなになったんじゃないの！　あんたらのせいで！

張り裂けるような奇声と連打が続くあいだ、古い鉄製のドアは小刻みにガタガタ音を立てた。そのうち一瞬ですべての音が止んだ。静まり返るなか、部屋はいっそう暗さを増した。

「あまり驚かないで。心を病んでるのよ」ミナは言い訳するように言った。

「さっきも騒ぎを起こしたの。一日に二度もだと、ユニットFに強制移動させられる可能性がさらに高くなったわね」

「あんなどうかしてる年寄りになんて、ユニットFでももったいないのに。というより、ユニットの存在自体が……」

途中で歌が途切れるように、ユリは言葉を呑み込んだ。

「おばあさんは、あの人とは違うと言うんですか？」静かな声で冷静にアインが尋ねた。

「えっ？」これまで聞いたことのない言い方と予想外の質問に、ミナは問い返した。

「そんな。おばあさんはもちろん違いますよ。だってミナおばあさんだもの」ユリが庇うように言ったが、その声は不安定に震えていた。

「ええ、違う。もちろん違うわよ」

その答えはミナ自身が聞いても切羽詰まったものだった。ところがまだ言い終えてもいないのに、彼らはまた自分たちの言語でひそひそ話しはじめた。今度の会話は声量も少し大きくて耳障りだった。馴染みのない二人の言語が洪水のように部屋を埋め尽くす。いつしか会話から弾き出されたミナは、暗がりの中でぼうっと座っていた。じっとして待っているのがつらくなるほどの長い時間、解釈不能な情報が彼らのあいだだけで交わされた。ミナにわかることと言えば、笑い声とこちらをこっそり横目で見る視線だけだった。気まずさが羞恥心になり、羞恥心は瞬く間に悪感情に変わった。ミナは伏し目がちにじろりと彼らを盗み見た。耳障りな言語を吐き出している生意気な彼らの唇を睨めつける。ミナは、最初からこの子たちの言語が気に食わなかった。その話し方も口調も耐え難かった。自分の部屋だというのに締め出しを食らった気分にさせる、彼らの言語が恨めしかった。さっきのジュンの叫び声がこだまするように耳元に響く。その声は、耳の中でぐるんぐるんと回るうちに、一瞬にして群衆の怒号に変わった。

大きく開いた口から湧き出る叫びが幻影のようにミナを包んだ。ミナはゆらゆらとなびく旗の下に立っていた。最後の恋に破れたあとのことだったか、それとも職を失って存在感が地に落ちたあとだったか。当時は落ちぶれていく一方だった。人生に裏切られても、まだ気力は残っていたあの当時、孤独と不安は雪だるま式に大きくなっていった。その思いは敵意へと変わった。他人に国を乗っ取られるわけにはいかない、財産を奪われるわけにはいかない、ミナは目を真っ赤にしながら声の限り叫んだ。広場をぎっしり埋め尽くした大勢の人々の口から一斉に同じスローガンが叫ばれた。ジュンが今しがた叫んだ言葉と何も変わらなかった。もしかして、あのとき隣にいた誰かが、飲み物を手渡しながら結束を高め合った相手が、ジュンだったんだろうか。

「おばあさん」

ユリが呼んだ。真剣な深い眼差しだった。

「お伝えしたいことがあるんです。ずいぶん悩んだんですが、おばあさんはいい方だし、お話しします」

ミナは本音を見破られでもしたかのように、あわてて視線を上げた。今までになく善良そうな思いやり深い目で、ユリが自分を見つめていた。

「こうしておばあさんにお会いするのも、これが最後になると思います。最近、通達があったんです。もうここには仕事に来なくてもいいと。私たちは職を失います。私たちが働きに行ける場所は実際には数カ所しかありませんでした。ユニットの高齢者は純粋な自国民をお望みだからです。だから、おばあさんとのマッチングが成立したときは、私たちもすごく嬉しかった。それなのに、もうこの仕事もなくなってしまうんです、こんなふうに突然に」

「さっきからその話をどうやって伝えようかと、相談していたんです」アインが言った。

「表向きはそういうことなんですけど、私たち、わかってるんです。これが目に見えない壁だってことを。でも心配しないでくださいね。今回だけは、このままおとなしく引き下がるつもりはありません。今夜、私たちは広場に集まってユニットの廃止を訴えるつもりです」

　そう話すユリは別人のようで、ミナは訊き返さずにいられなかった。

「それはどういう意味なの？」

「おばあさんにこんなことをお話しするのは申し訳ないと思っています。でも、今の時代の高齢者こそが、一番多くのことを享受した人たちだというのは確かです。しがらみも束縛もなく、思う存分楽しみながら生きたじゃないですか。背負うべき責任なんて知らないままに。そうして私たちに何もかもなすりつけているんです。絶対的なマジョリティで、純粋な自国民だという見苦しいプライドで、他人を差別し、けなし、感謝もせずに、若い世代が自分たちを支えるべきだと考えて。こうなったのもすべて、彼らが子どもを産まなかったせいなんです。私たちの親や祖父母の世代はこの国の問題を何とかするために、いいえ、助けるために合法的に招かれたんだと思っていました。ところが見てください。何十年経(た)っても変化するどころか、よくない方向に変わる一方です」ユリが興奮したように息を吐いた。

「ユニットの存続には莫大(ばくだい)な税金が使われています。見てください。後の世代のために使われるべき税金が、いつ死ぬかもわからない人たちのためにドブに捨てられているじゃないですか。誤解しないでくださいね、こんなふうに考えるのは、移民だけじゃなくて若者たちだって同じなんです。いえ、むしろ純粋な自国民である彼らのほうがもっと露骨です」

アインが滑稽(こっけい)だというふうにこう言った。

「ひょっとしたら、僕たちは初めて若さという名のもとに団結するかもしれません。ユニットの廃止という主張は前からあったけれど、僕たちは長いあいだ、中立を守ってきたんです。思い入れのある職場だったからです。だけどもうそうではありません。怒り狂った仲間たちがユニットを襲撃してぶっ潰(つぶ)すでしょう。セキュリティが最も甘いユニットから狙(ねら)われると思います。おばあさんがいらっしゃるここも危険になるかもしれません。おばあさんにだけはお知らせしておくべきだと思って、お話ししました」

彼らの口から出てくる話は、必要以上に生々しかった。

ユニットの規模と数が次第に膨らんでいくことへの懸念は、長らく社会問題になっていた。そのようなニュースがぼんやり耳に入っても、ミナは聞こえないふりをして無視し続けてきた。庭園とは名ばかりの尖塔（せんとう）から、脱出の糸口も見えない地獄のような迷路から、一番抜け出したいと思っているのはミナ自身だったからだ。けれども、ユリとアインが担当するユニットは、老衰した者たちに占領された傲慢（ごうまん）な王国にすぎなかった。その中にはミナとジュンのように押し出されてきた者もいるけれど、見る人から見れば、王国であるだけでも、巨大であるだけでも、打倒しようと思うのに十分な理由だった。

ミナの唇はぴくっと震えたが、何も言葉が出てこなかった。言いたいことはたくさんあるのに、どこからどう話せばいいのかわからなかった。若かりし頃、背負っていた多くの悩み、絶望が生んだ多くの諦（あきら）め、そのときの社会が、そのときの上の世代が、残した痕跡としがらみについて話し、釈明したかった。けれども、そのことを伝えるのは無意味に思えた。過去の自分が前の世代の話にまったくうなずくことができなかったように、この子たちも同じだということをミナはわかっていた。

「おばあさんだけは、私たちにとって本当の家族のようでした。もうお会いすることがなくても、いい方だったという記憶はいつまでも残ると思います」

ユリがさらに続けた。心から、申し訳なく、感謝しているという眼差しで。

「それに、私たちにはまだ少しだけ時間が残っています。だから、今から最後の話を聞かせてください。素敵なラブストーリーを、現実を忘れるくらい美しい、たくさんの物語を」

ミナはゆっくりと話しはじめた。希望は薄れていき、計画は崩れ去った。それでもミナは語ることができた。思い出せない昨晩の夢が紡がれはじめた。いつか見たような美しい夕焼け、どこかで聞いた神秘的な物語の断片が、ミナの口を通してキルトのように組み合わさる。光に染め上げられた過去が、輝かしい永遠の幸せの物語が、ゆっくりと溢れ出てきた。そんな物語であれば、いつまでも聞かせてあげることができた。

他人の家

薄目を開けて光を見る。壁を美しく彩る三角形の小さな欠片が、海にきらきらと映る陽光のように輝いている。ブラインドを通り抜けた日差しが壁面に作り出す模様。色褪せたブルーのブラインドは古くてボロボロで目を逸らしたくなるけれど、真昼の太陽が生み出す光のゆらめきだけは、いつだって私をワクワクさせてくれる。一人で過ごす昼下がり、ラヴェルの『ラ・ヴァルス』を奏でるイム・ドンヒョク（一九八四年生まれの人気ピアニスト。二〇〇一年ロン＝ティボー国際音楽コンクール第一位獲得、二〇〇五年ショパン国際ピアノコンクールでは兄弟で第三位同時入賞）の激情ほとばしるピアノが空間を満たす。三年前に買った型落ちのスマートフォンの冴えないスピーカーでさえ、彼の悪魔的な才能と、あえて謙遜する理由はないと自覚しているような、芸術家肌の若い魂を隠すことは、まったくもって不可能だ。私は改めて唸りながらコーヒーを持ってリビングに出る。とてつもなく明るい日差しと、窓の外に見える陰鬱な裏山のコントラストが、煌きに満ちた物寂しさを生んでいる。風景と光と音楽、そして孤独な私——完璧な瞬間だ。絶望と悲観の沼にはまり、もがき続けたときもあったけれど、もしかしたら人生って、けっこういいものだったりして……。

　頭の中の考えをまとめるより前に、耳がぴくっと反応する。お呼びでない音が一瞬にしてなにもかもを台無しにする。魂を引き裂くドアロックの鋭い金属音は、どんなに喧しい騒音の中にも、勢いよく打鍵するイム・ドンヒョクの躍動的な旋律の中にも、いつだって隙間をこじ開けて侵入し、存在感をアピールする。私は銃声を聞いた真夜中の野生動物みたいに、一目散に自分の部屋へと駆け込んで、ドアロックが解除される寸前、自室のドアを閉めるのにギリギリ成功する。４２７、８５１、２８０１。三々七拍子みたいに間を空けるところからすると、これはヒジンだ。八つめの数字を押し間違えたとき、すでに私はドアに背をもたせかけてゼイゼイ言っていた。一瞬にして、私だけの空間は家全体の四分の一にしぼんでしまった。今日はもう少し平和な時間があると思っていたのに、完全に読み違えた。ヒジンがトイレから放つ、手を洗いながら時たまゲップする音に無防備に晒されたまま、私は深呼吸して、乱れた呼吸を落ち着かせる。

　ヒジンはトイレから出てくると、ドスドスと音を立てながら冷蔵庫に向かう。じつは彼のことを私は一度もちゃんと呼んだことがない。子どもの頃にうちに居候していた無職の叔父さんを思い起こさせるヒジンは、考えてみたら、この家で私が一番会話をしない人だ。にもかかわらず、私の心の中では、本名の「ヒジン」ではなく、つねに「ヒジニ」と親しげに呼ばれている（子音で終わる名前の後ろに「i」の音をつけることで、発音しやすくするとともに、親しい関係を表したりする）理由は、ウェブトゥーン作家である彼のペンネームが「ヒジニ」だからだろう。不幸なことに、彼はイラストよりも、音で自分の存在証明をすることのほうにずっと素質があるらしく、お寒いレベルの想像力しか持ち合わせていない私のような人間ですら、彼が出す音を聞けば、どんな行動をしているかすべて鮮明に目の前に描けてしまう。しかも、そのどの場面もさわやかさとは対極にあり、いちいち例を挙げるまでもなく「最も不快な音」と言えば思い浮かぶ、あらゆる音を網羅している。きっちり閉ざされたドアの隙間をこじ開けて入ってくる音に手加減などない。今だって、彼が冷蔵庫からバナナを取り出して食べている様子が、見なくたってわかる。バナナと口内の唾液が生み出す粘り気のある音は、ボリュームを最大にして口をクローズアップしたかのように、やたらとリアルだ。こんなとき、この家が古いという事実を実感する。たとえ見た目はピカピカでも、各部屋ごとに薄い段ボールで仕切られているのと、そう変わらないのかもしれない。

　こうして午後の贅沢な時間はヒジンの登場で幕を下ろし、もう特に必要がない限りは、この部屋に籠る予定だ。少し息苦しさはあるものの、必要なものはすべて揃っている。机、小さな本棚、簡易クローゼット、日差しが入る大きな窓と、光を受け入れながらも強い日差しは防いでくれるブラインド、おまけにクイーンサイズのふかふかのベッドとその脇にあるサイドテーブル、大のお気に入り「ネドンネサン（自分のお金で買ったもの。もとは広告的レビューではないことを証明する意味で使われた言葉）」のミニ冷蔵庫、それに何より、念願のトイレとシャワーまで。もちろん自分の行動と音には細心の注意を払う。イヤフォンを外して音楽を聴くのは家に誰もいないときだけだし、トイレを使うときも水を流して消音するのは必須だ。共同生活でしばしば発生する煩わしいことを減らす一番楽な方法は、音を小さくして、ひたすら存在感を消すことだから。それは配慮というより、この家の住人たちと同じ部類には入りたくないからでもある。

夕方になると、また別の人物が登場する。ドアをのろのろと開け閉めし、慎重というか神経質な歩き方で冷蔵庫に直行するのは、ほかでもないジェファ姉さんだ。市民団体で働いているという彼女とは少し言葉を交わしたことがあるけれど、仲がいいとまでは言えない。続いて冷蔵庫の中を確認するジェファ姉さんの愚痴がブツブツ聞こえはじめる頃、うんざりするような緊張感がじわじわと押し寄せる。そしてついに姉さんが、あーぁ、とため息をつき、トントントンと足音の加速度が増すと、来るべきものが来たという心境になり、小さな戦争のはじまりを予感するのだ。今日ばかりは、ジェファ姉さんがヒジンの部屋のドアを叩く直前に、ワイヤレスイヤフォンを両耳に差し込んでユーチューブを再生することに成功した。この戦争は予告編で十分なので、本編は省くことにする。

本編で起こることは見なくてもわかりきっている。二人の言い争いは、主にヒジンがきっかけを提供し、それにジェファ姉さんが反撃する、という形で展開される。場所はヒジンの部屋の前、内容は、冷蔵庫にある食べ物を勝手に持ち出したとか、トイレが汚いなどといったことがほとんどだ。まくし立てるように言い放ったジェファ姉さんが、ヒジンの部屋の真向かいにある自分の部屋に入り、ドアをバタンと閉めることで戦争は終結する。今日のは、さっきヒジンが食べたジェファ姉さんのバナナが原因だったはず。

二人を見ていると、なんであんなことで揉(も)めるんだろうと思いながらも、大学卒業後に住んでいたコシテル（コシウォン（元は試験勉強用の基本ベッドと机のみの部屋）＋ホテルの造語。狭い個室でキッチン・トイレシャワーは主に共同）での生活を思い起こせば、わからなくもない。私も玄関脇の部屋に住んでいたら同じようにやり合っていたはずだ。改めて私の部屋にあるミニ冷蔵庫が頼もしく、いじらしく思えてくる。誰かに悩まされながら暮らすという点ではコシテルと何ら変わらなく見えても、この部屋の中ということに限れば、話は違ってくる。位置で言うと、一番奥の一番いい場所にある私の部屋は「玄関脇のお向かいの部屋同士」であるヒジンとジェファ姉さんの部屋とは、格からして違うという話である。だから今の私の心の余裕は「蔵から人心が生まれる」（自分の蔵が豊かだから他人にも気前よくできるという意味の韓国のことわざ）ようなものだ。「地位が人を作る」と言ったほうが、より的確だろうか。

二人とも部屋に入ったのを確認してから、私は忍び足でそうっと部屋から出る。リビングの冷蔵庫に入れておいた、プチいちじくパイを持ってくるのをうっかり忘れていたから。ジェファ姉さんみたいに目につく場所に食べ物を置いておくほうが悪いのに、手をつけた人のせいにするなんて脇が甘すぎる。損して得取るのが真に賢明なやり方だというのに。コチュジャンの容器のうしろに隠しておいた私のいちじくパイは、黒いビニールに包んであって、ずいぶん前に母親が送ってきたカンテンジャン（おかず用の味噌だれ）です、というようにしか見えない。パイをそっと手にして、奇妙なリビングの風景を改めて眺めてみる。冷蔵庫の横にはローテーブルが一つあり、本来ならソファがあるはずの場所が小さなネットで囲われている。そこが快調さん——私が家賃を払う相手の居住スペースだ。

快調さんの本名はジェウクだけど、心の中では最初に知り合ったときのＩＤ、「快調」さんと呼んでいる。そして彼は、何て言ったらいいのか、一言で説明するには、ものすごく複雑な人物だ。

パイを持って振り返った瞬間、テーブルの下からポンと飛び出た片腕が目に入った。腕がもぞもぞ動いたかと思うと、テーブルの下から出てきた快調さんが、よく寝たというように伸びをして、寝起きのぼうっとした目で私を見た。一日中、留守にしているると思ったら、ずっとここにいたというわけか。ということは、私は知らないうちに、イム・ドンヒョクの『ラ・ヴァルス』と、そのメロディーに合わせて口ずさんでいたハミングと、ドアを開けっぱなしにして流していたトイレの音を、この人と共有していたというわけか。全身が石のように固まって身動きすらできなくなったその瞬間、炊飯器の蒸気音がなんともタイミングよく噴き出し、私の代わりに思いっきり悲鳴を上げてくれた。

快調さんに初めて会ったのはいかにも怪しい席だった。いや、もしかしたらその当時、私に起こった出来事は、どれもこれも怪しかったのかもしれない。けれど、事実だけを要約すれば、それぞれ何の関連性もない一行になる——恋人とダメになって、会社はクビになって、住んでいた家からは家賃の値上がりに勝てずに追い出された、という程度の。そのとき味わったどん底の感情をもう一度辿(たど)るくらいなら、こうやって要約するほうが精神衛生上はまだマシだ。

ともあれ、紆余曲折(うよきょくせつ)と彷徨(ほうこう)の渦に巻き込まれた末に私が立っていたのは、部屋探しアプリの募集文に案内されてやってきた、新村(シンチョン)のスターバックスだった。その文面は、かなり怪しいにおいを漂わせていたが、あまりにもその部屋は魅力的で、導かれるように出向かずにはいられなかった。打ち合わせ代は五千ウォン(約五百円)。物件情報を提供してもらうという理由で、こちら側の負担だった。私の前にも待っている人が四人もいたが、募集文を掲載した人物は私とは背中合わせの席にいたので顔が見えなかった。振り向きざまに見える応募者たちの顔はマスクで覆われていて、その点は彼らも助かったと思っているようだった。

面接自体はごく普通だった。自分のプロフィールを簡単に説明し、通帳の残高を見せて終わりだった。快調さんは、私が喋ったことをスマホにさっとメモし、口座残高は液晶越しにちらっと確認しただけだったから、個人情報についての心配がないことだけは安心できた。この風変わりな出会いの場に人が押し寄せた理由は「快調」というIDで掲載された内容が、マンションの一室のシェアメンバーを募集する、一種の賃貸契約の面接だったからだ。写真で見る家は小高い丘の上に建った築三十年のマンションだったけれど、中はとてもきれいで、都心の真ん中にあった。そして何より賃料が、合理的を通り越して、ありえないほど安かった。募集文には、金儲けのためではなく若者同士の品位あるコミュニティを目指している、という言葉と、同居人一人が出ていくことになったための人員補充、という言葉が書き添えられていた。高い競争率にはそれだけの理由があったのだ。

――部屋を直接見ることはできますか。

――一次面接に通ったらお見せします。

思いきって訊いてみた質問に対する快調さんの返答は、そっけないながらも明快だった。まず身分確認をしてから家を見せるというのが、この面接の表向きの理由だったが、彼からは選ぶ側の余裕が感じられた。私と同じくらいの年に見える彼はずいぶんと小柄で、チェックの茶色いズボンにグレーのベストという出でたちだったが、神経質そうな細い指は、目の悪い魔女をだまそうと、ヘンゼルが鉄格子越しに差し出した鶏の骨を連想させた。

　数日後、電話をもらい再び彼に会ったのは、マンションの部屋の前だった。たいして期待していなかったので、いざ連絡をもらったときは意外だったうえに、正式なルートを通さない部屋探しが逆に後ろめたくなり、私は行くのをためらっていた。ところが、地下鉄駅を出てそこに向かう途中、早くも私の心は翻りつつあった。くねくねした坂道を延々と上らないといけないことを除けば、駅から近いうえに、大規模マンションなので管理もしっかりしていたし、スターバックスとシネコンまでもが徒歩圏内という、駅近、スタバあり、ワンマイル生活圏という条件を満たしていた。敷地内に足を踏み入れた途端、ドキドキしてきた私の胸は、エレベーターに乗って十七階に辿り着いた瞬間には、結婚を控えた新婦のように喜びに満たされていた。私を待っていた快調さんが、五つ星ホテルのベテランドアマンのように、アンバン（家の中で一番広くていい部屋）のドアをぱあっと開け、すっと体を退いた。

狭い廊下を通って入っていった奥の部屋は、窓辺に備えつけられた大きなベッドを除けば、がらんとしていた。窓から降り注ぐ日差しがトイレの前まで差し込み、そのおかげでシャワー室も兼ねたトイレは水滴一つなく輝いている。誰も住んでいないのなら、他の同居人たちが使ってもよさそうなものだけれど、それらしき形跡はまったく感じられず、便器の水さえも減って乾いていた。

――このトイレ、誰も使っていないみたいですね？

――それは今住んでいる方たちの契約事項に含まれていないからです。ご存じでしょう、資本主義。

快調さんが笑った。その笑顔とは裏腹に「ご存じでしょう、資本主義」の口調はそっけなかったが、明るい日差しがそれを和(やわ)らげた。自らにまで厳格なルールを適用しているのは意外で少し驚いた。それでも、窓の外の風景を見たら、私の心は春の雪解けのようにやわらかく瑞々(みずみず)しくなっていった。美しい桜の花びらがはらはらと散っている。心の中で誰かが叫んだ。花道を歩くには花道の中にいなくては！　その声の残響が消えてしまう前に、私はその場で、契約します、と宣言した。すぐさま仮契約金の五十万ウォン（約五万円）をネットバンクで入金しようとしたら、快調さんは顎(あご)をさすりながら、そういえば思い出したというふうに口を開いた。

――あ、そうだ、申し上げておくことがあるんですけど、この部屋の直前の住人なんですけどね。引っ越したと言いましたが、じつは自殺したんです。

え？　と訊き返すこともできないまま、私は送金ボタンを押す手を止めた。ところが、私の動揺に気づいたようなのに、快調さんは逆に傲慢とも言える態度になった。

――まあ、別にお話ししなくたって構わないんですけどね。この部屋で起きたことじゃありませんから。この部屋に住んでいた人が、実家に帰省してそうなったわけで。敷地内にも救急車一台入ってませんから。それでも、もしあとになって知ったら嫌な気分になるかもしれないし、先に言っておきます。

――あ、はい……。

――もし考える時間が必要なら、ちょっとお待ちしましょうか？

私はそうしてほしいとうなずいた。ところが快調さんは五分後には戻ってくると、もう決めたかと尋ねてきた。私のほうはまだ頭の回路が絡まったままの状態だった。

――もしかして、私以外にも連絡された方がいるんでしょうか。

――いいえ。逆に皆さん、私からの連絡をお待ちでしょうね。ですが、ションさんが一番無難で常識的な方のようだったので、最初に連絡を差し上げたんです。

いつもなら気を悪くしそうな品定めの言葉を褒め言葉として受け止めるべき状況で、私はどんな顔をすればいいのか戸惑った。

――気軽に考えてください。もし気に入らなかったら、次の方に連絡すればいいいだけですから。

時間がないと思うと焦ってきた。なかなか踏ん切りがつかずにいることを見破られないよう、私は部屋の中を眺め回した。不動産は心理戦だと言うけれど、この程度の賃料でこのアクセス、このクラスの部屋が借りられるわけがない、という気持ちが抑え切れなくなった。ソウル市内のど真ん中に位置する立派なマンション、しかも自分専用のトイレまでついているではないか。バルコニーでガタガタいいながら回っている洗濯機の音までもが、なんだか生き生きしている（韓国のマンションではインナーバルコニーが一般的で、洗濯機の設置スペースがある）。窓から出入りすれば誰にも遭遇することなく洗濯まで完了できる完璧なプライベート空間で、しかも相場からするとタイムセールも同然の家賃、この部屋はそういう部屋だった。無難で常識的なほかのライバルたちを一刻も早く蹴散らさなくては。

――決めます！

私はギャンブラーの心境になって叫び、送金ボタンを押した。快調さんが、同居人のプロフィールや特徴、共同生活での注意事項を説明してくれているあいだも、自分がおかした冒険に胸が高鳴り続けていた。マンションを出る直前、私は彼に尋ねた。

――そういえば、どの部屋で生活されているんですか。

快調さんは、やや間延びした口調で答えた。

――私は、リビングとリビングのバルコニーです。アンバンのバルコニーとのあいだには中扉を設置してありますから、プライバシーはご心配なく。

部屋のほうに心を奪われて、まともに見ていなかったリビングとそのバルコニーを思い浮かべた。そこって、単独の住居スペースとして使えるほど広かったっけ。そんな私の考えを追い払うかのように、快調さんは、もったいぶって最後の注意事項を告げた。

――ほかの同居人には家賃の話はしないでください。部屋は一番広いのに、家賃は一番安いんですよ。いくら縁起がよくないとは言っても、これは資本の原理にも人間の心理にもそぐわない待遇ですから。

気に障る単語の交じった真剣な説明に続いて、さっき言われた「ご存じでしょう、資本主義」がこだまして聞こえてくるようだった。私は丁重にうなずいた。とにかく、彼は私が家賃を支払うべき相手だった。


私はおおむねこの家での生活に満足していた。気を遣いながら厄介になっていた友人宅での暮らしや、コシテルでの暮らしとは比べものにならなかった。クオリティはもちろんのこと、心理面でもそうだった。

狭い空間は人間を蝕む。四方の壁が中心部に向かって飛びかかってきそうな部屋にいると、締めつけられるような孤立感は重力よりも重く感じられ、底へ底へと私を引きずり込んだ。会話する機能を失った口は、何かを食べようとするときのみ役目を果たし、そのことに私は後ろめたさを感じた。自分の中から立ち上ってくる空腹のにおいが、私の人生のにおいのようだと思った。

でも、ここは違った。ここは宿泊施設ではなく、紛(まぎ)れもない家だった。コシテルの壁越しの騒音は神経を逆なでする迷惑な音だったけれど、一つ屋根の下の騒音は生活音だ。同居人たちと出くわすのが嫌で、あわててドアを閉めることはあっても、孤立感を防いでくれる最小限の人の気配と音、好ましくはないとしても「共同体」と呼べる集団に私は属していた。都心、広い部屋、気軽に利用できる快適な公共施設など、それらを噛(か)みしめるほどに満たされた気分になった。

暗澹(あんたん)たる日々よ、さようなら。

家。私はようやく家に住んでいるのだった。

突き詰めてみれば、恋人との結婚が破談になったのも家が原因だった。彼が地方に転勤となり、遠距離恋愛になった私たちは二年間、誰よりも切ない恋愛を続けた。ところが距離の問題ではなく、結婚後に一緒に暮らせる場所がないためにすれ違いが生じた。この空の下、私たちの予算で入居できる家はなく、思い悩んで唇をかきむしるあいだにも、毎週家賃は跳ね上がり、私たちは憧(あこが)れの場所から1エリアずつ押し出されていった。これ以上、都心から離れるのは意味がないと判断した彼は、自分の親と同居すればすべて解決すると言い出した。ちょっとのあいだだけだよ、最初の数年だけ。

　私はその言葉を信じなかった。そんな見切り発車はできなかった。編入と適応、そして順応へと続く生活の中に、自分の人生を預けたくはない。言い争いは次第に本質から外れていき、世間の雑音(ノイズ)にも惑わされて意見が食い違ってしまった結果、我儘(わがまま)な今どきの女、時代遅れのふがいない韓国の男――お互いそう決めつけるところまで行き着いてしまった。そうして私たちは他人になった。表向きの理由は刺激してはいけないプライドを傷つけたからだったが、実際は、眩暈(めまい)がするほど明るく、物寂しい都市の夜景の中に、私たちを受け入れてくれる部屋が一つも存在しないからだった。

　ほろ苦い過去をあとにして、私は再びスタートラインに立っている。もちろん削りに削られて家全体の四分の一の広さにすぎないけれど、もう一度夢が芽生え、育っていくには十分なスペースだ。ここに住むようになってから、私には再び人生の目指すべき方向性と目標が生まれた。いつかはちゃんとした自分の家に住みたい。半分の半分に狭められた空間ではなく、自分のためだけの、自分の価値の分だけの広さがきちんとある家に。

　ときどき、この部屋に以前住んでいた人のことを考える。男なのか女なのか、年はいくつで何の仕事をしていたのかは、あえて尋ねなかった。逆に快調さんに、その人について何も話さないでほしいとお願いした。具体的に想像したくなかったし、いたずらに自分との共通点を発見してセンチメンタルになるのも嫌だった。にもかかわらず、雨の日やひっそりとした深夜になると、かつてこの部屋に存在していた魂をふっと思い浮かべてしまう。どこかの隅で、その人の霊魂がじっとこちらを見ているような気がしてならないときは、全身に恐怖が広がる前に素早く気を引き締める。どうせ私たちは他人が眠る土の上に立っているにすぎないと、地球そのものが巨大な共同墓地であり、人生はその共同墓地の上をぐるぐると果てしなく巡り続けて生まれた結果にすぎないと、自分を慰めながら。誰かの死の上に足を踏みしめて立つことが人生であるとすれば、その死が、少し前まで自分と同じ空間にいた人に訪れたからといって、変わることなど何もない。

もちろん、こんなふうに自分で自分を納得させるのには明らかに限界があった。この新しい環境にようやく馴染(なじ)みつつある頃、私は人と関わることにストレスを覚えるようになった。それで、まずはジェファ姉さんとヒジンの特徴を頭に叩き込み、二人の関係がぎくしゃくしていることを知ってからは、できる限り二人の前に姿を現さないようにした。彼らの行動パターンとスケジュールを把握したのもそのためだった。ところが、関わらないようにするにも限界があって、それはある日、ジェファ姉さんが私の部屋のドアをノックして、厄介な頼み事をしてきたことから始まった。

ぽっちゃりしているのにきつい顔立ちのジェファ姉さんは、中途半端に笑みを浮かべながら、パサパサのクッキーを載せた皿を手に持っていた。糖分不足の無防備な状態の午後だったせいなのか――ジェファ姉さんと私は、いつの間にか私の部屋で差し向かいでお茶をしていた。意味のないお喋りは身上調査だったことを、親切そうな眼差し(まなざし)は私の部屋に探りを入れる目つきだったことを、もっと敏感に察知すべきだったのに。しかもビールまで二缶空けたというのに、私はジェファ姉さんの本心にまったく気づかずにいたのだった。こんなふうに言われるまでは。

――あのね、相談があるんだけど……。

――何ですか？　相談って。

――トイレちょっと借りてもいいかな？

――もちろんですよ。使ってください。

ところが、どういうわけかジェファ姉さんはトイレには行こうともせずに、私の目ばかり食い入るように見つめた。そこでようやく、そのお願いが一度きりではなく継続的に、という意味を含んでいることに気がついた。長びく沈黙の中、ジェファ姉さんは訴えるような眼差しで私に何かを懇願していた。

困ったなと思ったけれど十分理解できた。ヒジンと快調さんと共用するトイレなんて想像するだけでぞっとする。もしかすると、私がこれまでジェファ姉さんと個人的に関わらないようにしてきたのも、まさに今みたいな状況を避けるためだったのではないか。私は自分の口からどんな言葉が出てくるのかわからないまま、口を開いた。

――あのう、ジェファ姉さん。

ジェファ姉さんのほうも相当前から準備していた発言だったに違いない。勝機を逃（のが）すものかというように、すかさず私の話の腰を折った。

――迷うのはわかる。あのトイレが、ションさんの単独の契約条件なのも知ってるし。でもね、男と同じトイレを使うのが、どれだけ気詰まりなことか想像したことってある？　私、毎朝、管理事務所まで下りて行って、そこのトイレ、使ってるんだよね。

ジェファ姉さんがぐすっと鼻をすすり上げた。私はわかるという意味でうなずいたが、内心まったく同意できなかった。冷たく言ってしまえば、それはジェファ姉さん本人が何とかすべき問題だ。また鼻をぐすっとされた。さいわい涙まじりのぐすっ、ではなくて、単純に鼻水をすする行為だった。

――そのかわり、お金は払う。一回使用するたびに五十ウォン（約五円）。シャワーは時間計算で、それかまとめて月払いにしちゃってもいい。

私はジェファ姉さんが言ったことを素早く頭の中で場面化（ミザンセーヌ）してみた。どう考えても私には、ジェファ姉さんのためにその都度ドアを開けてやり、彼女が差し出す百ウォン硬貨にチャリンとお釣りを返す度胸や、そのために前もって小銭を準備したり、あるいは使った額を記録して「トイレ使用料」という名目で送金してもらったりする自信が、とてもじゃないがなかった。いや、違う、嫌なのだ。考えるまでもなく、私の口からはこんな言葉が飛び出していた。

――すみません、ジェファ姉さん。私、じつは病気で。

――何の病気？

その場しのぎの私の言葉に、ジェファ姉さんは戸惑ったように訊いてきたが、すでに私の表情から察しているようだった。ジェファ姉さんとトイレを共有したくない病です、と語る私の眼差しで。それ以上、言葉が行き交うことはなく、長い沈黙とともに、その日のお茶会は気まずく終了した。

ところが、それは私の思い違いだったのか。翌日、ドアの前にはレモンシロップが一びん置いてあった。「消化と疲労回復に効果あり」というメモまであった。私はレモンシロップの重さの分だけ重くなった心境で、それをジェファ姉さんの部屋の前に押し返しておいた。こんなメモも添えて。

ジェファ姉さん、ごめんなさい。昨日、病気だと言ったのは嘘です。傷つけたかもしれないけど、嘘をついてだますよりはいいような気がして。ジェファ姉さん、私、自分の権利をまっとうしたいんです。自分が支払ってる分だけ、私が使っていいと保証されている分だけ。そのことに対して申し訳なく思いたくないし、いい人ぶってごまかしたくないんです。ごめんなさいと書いたし、本当にごめんなさいと思っているけれど、申し訳ないけれど、申し訳ないとは思いたくありません。ごめんなさい、ジェファ姉さん。

最後の「ごめんなさい、ジェファ姉さん」は消した。そして、新しい付箋に冒頭から書き直した。ところがそれは最初の付箋よりサイズが小さくて、全部書きれなかった。そうやって何度も同じことを書いていたら、私がジェファ姉さんのドアに貼り付けたメモは、最終的にここ最近、自分が書いたものの中で一番きれいな筆跡になっていた。それ以上、二人のあいだに気まずい出来事は起こらず、お茶菓子やレモンシロップなんかが行き交うことも二度となかった。

けれども数日後、ヒジンとジェファ姉さんの戦争が始まると、私はそれこそ針のむしろに座らされている気分になった。衛生（便器のフタについた汚物）と領域（宅配便の置き場所）、食品管理法違反（キムチの容器のフタのあけっぱなし）をテーマに拡大していった争いは、その日に限って、しつこくて激しかった。ドンッ。ヒジンが玄関のドアを蹴って出ていった。私は少し間(ま)をおいてから、夕食用の冷凍パスタを温めるために、そろそろとドアを開けた。さっきからキュルキュルと鳴っているお腹(なか)を早くおとなしくさせたかった。ところが、キッチンには思いがけずジェファ姉さんが立っていた。キッとこちらを睨(にら)みつける百万ボルトの眼差しに、私は電気でローストされるチキンの丸焼きよろしく固まってしまい、冷たい風を起こしながら通り過ぎる彼女の口から、クソッ、暑くてやってらんねえよ、という言葉を確かに聞いた気がした。彼女が乱暴にバタンとドアを閉めて部屋に入ってからも、私は冷凍パスタを両手でぎゅっと掴(つか)んだまま、一体どこまでが自分のせいなのだろうかと、気まずい思いで見定めていた。

――あまり気にしすぎないほうがいいですよ。生きるってそういうことだから。各(カク)自図生(チャドセン)、つまり各自が生きる方法を探るってことですよ。

虚空(こくう)に響くその声が自分の心の声のようにも聞こえ、非現実的な思いで顔を上げた。快調さんがリビングの隅っこに座り、ノートパソコンのモニターを覗(のぞ)き込んでいる。画面に吸い込まれるように前のめりの姿勢で、本当にさっきみたいな言葉を明るくこぼしたのかと、一瞬、自分の目を疑わずにはいられなかった。ようやく私のほうに向いた快調さんの顔は、パソコンのライトと蛍光灯のせいで、片側は赤く、片側は青白くなっていた。

――望まない状況で、わざわ調和(ブレンド・イン)する必要はないってことですよ。結局、マイウェイで生きる人が生き残るんですから。

まるで、ジェファ姉さんと私のあいだに起こったことを知っているみたいに、彼はぶつぶつ呟(つぶや)くようにそう言った。

快調さんについて、私が知っている情報は限られていた。会社勤めをしていたがビジョンが見えず、毎日、家で株価のチャートをチェックする専業投資家に転向したということ、どの程度の収益を上げているのかは知らないけれど、彼が人生の基準にしている価値観は、もっぱら倹約して儲けることだという点、それゆえ夏はバルコニーに張ったテントを、冬はテーブルの下を寝床にしているということくらいだった。チャートの色を象徴するかのように、彼の目は常に真っ赤に充血していて、唇は青っぽかった。

快調さんは、もともと従兄(いとこ)とお金を出し合って、この家にチョンセ（保証金を預けて部屋を借りるシステム）で住んでいた。家のオーナー自身は入居する気がなく、購入当初から六年以上の長期で住む人を募集したのだった。ところが、従兄が田舎(いなか)に帰ってしまい、空いた部屋を活用する手立てはないかと悩んでいたところ、快調さんの頭に奇抜なアイディアが浮かぶ。それは余っている各部屋を安く又貸しして、収入を得るというものだった。そうして借り手に借り手が生まれ、私もそのうちの一人になった。法の定めた線に沿って歩くには、世の中の許容範囲はあまりにも狭く、それすらもますます狭まる一方だった。私とジェファ姉さん、ヒジンは、この奇妙な境界と枠の中に身を縮こまらせて座り、ぬくもりを得なければならない立場だった。つまり、投資的な観点から見ると、私たちはこのシステムを作った快調さんを助け、協力しなければならなかった。

――うまくいってますか？

何か言わないといけない気がして、適当に尋ねた。

――ただ一生懸命やるだけですよ。目標がありますから。

――目標ですか？

――ええ、こういう家を買うことです。

快調さんが目をぎらつかせて語った瞬間、さっと体に鳥肌が立った。彼の夢を誰よりよく理解しながらも、彼は絶対に目標をかなえられないだろうと、私ははっきり思った。その確信は同時に、自身を恥じ入る気持ちへと変化した。すべてが快調に見える人でさえもかなえられそうにないのに、私にできるというのだろうか。モニターを彩る株価チャートの波高い線の色と波動を見ていたら気が遠くなってきた。ビットコインに置き換えられたお金がうねりながら作り出す青い波と赤い太陽の下、漂流したり、難破したりせずに無事でいられるのだろうか。失敗の先には、ほんの一瞬の成功が、さらにそのうしろには永遠で底なしの転落が待ち受けているのではないか。

その後、しばらくのあいだは静かな生活が訪れた。ヒジンとジェファ姉さんは互いに完全に距離を置き、私のトイレは私だけの空間として活躍した。この気まずさは別の言い方をすれば便利だった。けれども、語学スクールが運営する英語幼稚園で相談員として働き、教員採用試験の準備をしていた私は、それ以上の活路を見出せずにいた。世界的な感染症の流行で、授業はオンライン方式に切り替えられたのに、大手スクールの力なのか、私の業務は引き続きそのままで、給料の支給は少しずつ滞りはしたけれど、減らされたりすることはなかった。周りのあくどいケースから見れば、健闘しているわけだ。それなのに、なぜか私は現実から少しずつ滑り落ちていくような気分で一日一日を持ちこたえていた。がらんとした職場で、受話器越しに一日中、払い戻しだのオンライン授業だのについて対応していると、どんなに体を張ってがんばっても、せいぜい手に入れられるのは現状維持の厳しい生活でしかないという考えを打ち消すことができなかった。この程度なら満足だと自分を慰めても、足元の世界はあまりに変化が早く、現状維持はすなわち後退だという不安が巨大な波のように押し寄せた。そうなるたび、すべてが揃った私の部屋の壁だって依然、コシテルで感じたあの壁と変わらないという思いに眠れなくなった。はたして私はたとえほんの少しでも、ジャンプすることができるんだろうか。

　とりとめのない考えに蝕まれながらも、家賃を納めたある週末の朝、快調さんがグループのチャットルームにお知らせを投稿した。重要。ボイラー交換の件でオーナー訪問予定。全体会議をお願いします。

　――数日前からボイラーの調子がおかしかったじゃないですか。この家のオーナーに連絡したところ、修理するのは問題ないけれど、明日一度、ここを訪問したいと言い出しまして。

　テーブルに集まった私たちを前に快調さんが話を始めた。私たちは合法的でない隙間市場に入居して住んでいることを隠さなくてはならなかった。問題は、オーナーが来たとき目にする家の中の様子が、男の二人世帯には見えないということだった。当然、オーナーの訪問に先立って対策が必要で、話し合いの末、私たちが組み立てたシナリオは次のようなものだった。

　故郷に戻った従兄の代わりに、快調さんは実姉のジェファ姉さんと一緒に住むことになり、ヒジンの部屋は物置として使われている。奥の私の部屋は快調さんの部屋とする。それに合わせて家具を再配置後、当日は快調さんだけを残して、私たち三人は退出する。

この芝居で快調さんの姉役を務めるジェファ姉さんの部屋については、何も話題に上らなかった。ヒジンの部屋も物置に変身させるのにさほど無理はなさそうだった。初めて入ったヒジンの部屋は、超ミニマリストの部屋みたいに、机一つと椅子一つしかなくて、たいていの家にある漫画本ですら数冊しか見当たらなかった。

——以前は何から何まで全部あったんですよ。くだらないものもたくさん集めてたし。でも、すべて無駄になりましたね。だからデジタル化できるものはデジタル化して、それ以外は全部捨てました。今も一日五つずつ、何かを捨てることが僕の大事なルーティンなんです。いつこの身一つで出て行っても、何も問題ないように暮らそうと思ってて。

自分の部屋を冷静に眺めながら話すヒジンの声が、空間にワンワンと響いた。最大の関門は私の部屋、つまり対外的には快調さんの部屋であるべき、アンバンだった。誰が見ても女性の部屋に見えたし、おまけに少しずつ買い揃えてきたもので溢れていた。意気揚々と購入したローズゴールドカラーのミニ冷蔵庫と、棚に並べたタンブラー。あちこちで手に入れたありとあらゆる類のグッズを目にして、ヒジンがチクリと言った。

——所帯持ちみたいですね。小物類のガラクタも多いし。

ただ処分するのならまだしも、荷物をどかしてレイアウトを変えるのはばかにならない作業で、昼から始めたのに夜遅くになっても終わらなかった。私と快調さん、そしてヒジンが物を移動させているあいだ、ジェファ姉さんは腕組みして自室の入口にもたれかかって立っていた。因果応報、とでも言いたげな表情だったが、私はなるべく気にしないようにして、この屈辱は今日一日だけのものだから、という一心でそれに耐えた。ところが私の荷物は思ったより多く、どう頑張っても一部はとてもヒジンの部屋に収まり切らなそうだった。

——明日の朝、ちょっと整理してくださいよ、捨てるものは捨てて。こまごました物はジェファさんの部屋に一日だけ置かせてもらうとかして。

ヒジンが面倒くさそうにそう言うと、ジェファ姉さんは待ってましたとばかりに即答した。

——あ、それ、ナシね！

彼女の口元に浮かんだ「この恥知らずめ、痛い目に遭うがいいよ」という笑みを無視して、私も大丈夫だと手を振って断った。トイレ事件を念頭に置き、逆の立場になって考えれば、それほど酷(ひど)い仕打ちでもなかった。ただヒジンの意見とは違って、私には何一つ捨てるものはなかった。他人の目にはガラクタに映っても、自分にとっては散々苦労して集めた財産だった。私はそれをラーメン用の段ボール箱に一つ一つ収めていった。唯一の贅沢品であるスタバの限定タンブラー二十個も一緒に。そのあと段ボールは一階の廃棄家電の収集所に移動させておいた。

――手伝ってあげたいんですけど、下手に手出しして傷でもつけたら、責任のなすりつけ合いになって面倒なんで、そのまま一人でやってください。

ミニ冷蔵庫を移動させる私に、快調さんが、怒っているのか真面目に言ってるのかわからない口調でそう言った。一人でひいひい言いながら冷蔵庫まで下に運んでいった私は、こわばった腰を手で押さえながら、警備のおじさんのところに行って、回収シールは明日貼るのでひとまずそのままにしておいてほしいと、念を押して頼んだ。バッカス（栄養ドリンク剤）を一箱渡し、明日のシフトのおじさんにも渡してくださいとお願いした。明日、オーナーが帰ったらすぐ引き取りにくれば済む話だった。

事前に苦労したおかげで、オーナーの訪問予定の当日は、特にやることがなかった。私たちは朝からドアを開けて換気をし、ジェファ姉さんはファブリーズをあちこちに噴射した。あとは身を隠すだけで、その後のことは快調さんがいいようにしてくれるはずだった。ところが、オーナーがなんと予定時刻よりも早く到着してしまったのだ。お昼過ぎの午後イチに来ると言っていたのにインターフォンが鳴ったのは、まだ十一時半だった。快調さんが部屋ごとにノックしながらひそひそ声で呼びかけた。

——リビングに集合！　全員、たった今、遊びに来たみたいにしましょう。友だちのふりをして。

私たちがばたばたとリビングに集合した直後、三十代後半くらいのオーナーの男が、騒々しい空気を引き連れて入ってきた。私たちを見て意外そうな表情を浮かべるその男に、快調さんが落ち着き払って言った。

——こちらは私の姉で、こちらの方々は姉の友人です。

いきなり快調さんの姉になったジェファ姉さんと、ジェファ姉さんの友だちになった私とヒジンは、作り笑いがバレないように顔を背けた。男はみかんの入った黒いビニール袋をがさごそいわせながら下ろすと、快調さんとキッチン側のベランダに出て、ボイラーの様子を調べた。あっさりと、直しましょうと話す口ぶりはおおらかで、話はすぐに終わりそうな雰囲気だった。ところが、用件は済んだのに男は出ていく気配もなく、なぜかぼうっと突っ立っていた。

——久々だし、部屋をちょっと見てみます。

快調さんがうなずくと、男は家宅捜査でもするかのように、家じゅうの細々としたところまで確認しはじめた。ヒジンの部屋に入れば、物置なのに思ったよりきれいだと、急ごしらえの物置部屋のディティールを遠まわしに指摘し、私の部屋、つまりアンバンでは、しばらく鼻をクンクンさせながら嗅ぎまわると、香水の匂いがしますねえと首を傾げたりもした。彼が動物的感覚を備えているのか、私たちの性急な配置替えが雑だったのかはわからないけれど、ともかく予想してなかった状況に、こめかみから冷や汗がたらりと流れ落ちた。

——近頃のようなご時世、友だち同士、こうして集まって遊んだりできて、うらやましい限りですよ。何か不便なことはないですか？

テーブルに近づいてきた男が袋をかき回して、みかんを取り出しながら言った。もちろん彼の質問はもっぱら彼が知る正式な借り手である快調さんだけに向けられていた。ええ、まあ、といつもらしくない笑顔を浮かべる快調さんからは、これまで見せたことのなかった「借り手」という立場ゆえの低姿勢が見て取れた。男は上の空でスマホをさっと一度覗き込むと話をはじめた。

——で、前もってお伝えしておくべきだったんですけれどね……。

男が言い終わらないうちに、インターフォンが鳴った。男はすっ飛んで行ってドアを開け、続いて中年の女性と三十代ぐらいの夫婦とおぼしき男女が入ってきた。一瞬にして家の中は八人の人でいっぱいになった。

——あらま、こんなに大勢なんだったら、あとで来ればよかったわねえ。

マスクをした五十代ぐらいのおばさんがニコニコしながら元気よく言った。彼女のあとについてきた夫婦は部屋に入った途端、四方をきょろきょろ見回した。彼らの目的に気づくのにそう時間はかからなかった。この招かれざる客は内見に来た人たちだった。おばさんが、まるで自分の家みたいに、各スペースの利点を詳しく説明するあいだ、男は快調さんを隅に呼び、さっき言いそびれた話を再度切り出した。

――先にお話ししておくべきだったんですけど、申し訳ないことになりましてね。この家を売りに出すことになりました。

――えっ？

快調さんはまったくの予想外だというように訊き返した。そんなのないだろうという反論が色濃く滲み出た「えっ？」だった。

――ボイラーを修理してくれと言われて、ちょうどよかったと思ったんですよ。近頃は家の中を見せたがらない入居者も多いと聞いたもんでしてね。ついでに内見も同時に済ませてしまえばいいわけですから。まあ、契約期間中は遠慮なく住んでもらっていいですよ。契約が延長になるかはわかりませんけど、とりあえずあまりご心配はいらないかと。

男は快調さんの肩をポンと叩くと、不動産屋のおばさんと客のほうに行き、この家の採光はもはや芸術ですよと褒めちぎった。そのチームが帰って、男が三つめのみかんを剝いて食べる頃、再びインターフォンが鳴り、二組目が入ってきた。

――若い人たちが住んでるからか、とてもきれいに使ってますね。

二組目の不動産屋のおばさんはそう切り出すと、滔々と語り出した。

——独身の若い人たちが入居してる家がいいのよね。ペットを飼ってる家、子どもがいる家は面倒でね。猫や犬が壁紙を全部ひっかいたり、子どもが壁という壁に落書きしたりで、見られたもんじゃないの。ここはそういうのがないでしょ。そうすれば次、入居者を募集するときもリフォームの必要がないから、金額の面でもとってもお得なのよ。

オーナーの男が、この家を買ってからはいいことずくめだという、大げさに盛ったコメントとともに、最初に内覧に来たチームの感触がよかったと心理戦を仕掛けた。するど、最初入ってきたときはあまり乗り気ではなさそうだった新婚夫婦が、その話を聞いて、部屋にすっかりほれ込んだように目つきをしゃきっとさせた。

最後の訪問者は二十代とおぼしき男性だったが、地方にいる親の代わりに来たのだと、テレビ通話で家の内部を念入りに映していた。親に家の状態を報告すべく彼のスマホの角度が変わるたび、私たちは光を当てられたゴキブリのように、こっちの壁に張り付き、あっちの壁に逃げ出すという羽目になった。

三組とも引き上げていくと、けだるい静寂が訪れた。空気中に漂う浮遊物までもが目に見えるようだった。オーナーの男は私たちのほうを振り返ると、予告もなしに家を売りに出すことになってすまないと、もう一度謝った。そして、尋ねもしない自身の話を聞かせてくれた。

——この家を買うのにそりゃあ苦労したんですよ。ローンの額があまりに大きいから最初、私は反対したんです。今思い起こしても、ほんと冒険でしたね。妻がどうしてもと言わなかったら買えなかったと思いますよ。それにしてもまったくありがたいことですよ。この家を賃貸に出して貯めた資金でローンを組んで、このたび新しいマンションに入居することになったんです。ここに住んだことは一度もないけど、思い出すたびに、こちらに向かって、ありがとう、って深々と頭を下げると思いますよ。

男は感激で胸がいっぱいだというように言葉を続けた。私たちの冷ややかな表情などまったく気にならないようだった。彼がまだ何か言おうとしたとき、スマホが鳴った。男は、はいはい、と宙を見て何度かお辞儀すると、突然、背筋をしゃんと伸ばして頭をぽりぽり掻いた。価格の交渉がどれだけ可能かという連絡のようだった。続いて、残り二カ所の不動産屋からも連絡が来て、男の声は再び活気づいた。見たところ、三組のあいだで入札が行われたようだった。男は挨拶もせずに帰っていった。彼が最後に電話の向こうに投げた言葉は、すぐに口座番号を知らせるわけにはいきませんね、最初の提示価格より額を上げていただかないことには、というものだった。彼らのあいだで起きている見えない競争、言ってみれば、家の新たなオーナーになることなんか、私たちとはなんの関係もない世界の話だった。

——片づけは明日にしますか。

ヒジンがやる気なさそうに言った。みかんの皮がテーブルの上に散らかり、どんよりした空気には見知らぬ人たちの足の臭いが充満していた。私は反対した。何としてでも、すべてを元の位置に戻さなくてはならなかった。元の位置というのがあれば、という話ではあったけれど。そうすることでしか、私たちがやった無意味な労働の形跡を消せなかった。ヒジンの部屋を埋めていたものを動かしたり出したりしながら、部屋から部屋へ引っ越すみたいに荷物を片づけると、私はタンブラーを入れた段ボールとミニ冷蔵庫を取りに一階に下りていった。ところが、そこにあるべき私の持ちものが見当たらなかった。割れた鏡のついた古い洋服ダンスが、扉が片方開きっぱなしのまま、ぽつんと置かれているだけだった。警備室に走って行き、冷蔵庫の行方を尋ねると、おじさんが、どうでもよさそうな感じで言った。

——あれね、誰か持ってったよ。どうりで捨てるにはもったいないと思ったんだけどね。誰かがじっくりと眺めてたからさ、俺が早く持っていきなさいって言ってやったんだ。隣にあった段ボールも開けてみたら、なんだかまだ使えそうなコップがいっぱい入ってるって、そっくり持ってったけど？

——どういうことですか？　それ何号室の人なんですか？

――そりゃわからんよ。男だったか、女だったか、帽子を深々とかぶってたし、マスクで顔もよく見えなかったからね。あなたも回収シール買うお金が浮いてよかったじゃないの。それにバッカスまでいただいちゃって、悪いね。

　私は問いただす気力もなく、忙（せわ）しくため息をつき、完全に打ちひしがれた状態で家の中に戻ってきた。防犯カメラを確認してでも返してもらおうと思ったが、すべて明日に持ち越した。みんなドアを閉ざしたまま、しんとしていた。それぞれの空間で、見えない未来を模索している最中なのかもしれない。リビングには快調さんが一人座って、くちゃくちゃと音を立てている。彼の前にはみかんの皮が山になっていた。

――おいしいんですか？

　精神的ダメージなどまったく受けていないように見える彼に、力なく声をかけた。

――いや。めちゃくちゃまずいですよ。でも、ちょっともう怪しいので悪くなる前に食べようかと思って。そのまま放っておいたら腐るだけだけど、腹に収まれば栄養になるんで、蓄えておくのも悪くないですからね、未来のために。

　馬鹿馬鹿しくて目も当てられない彼の頑（かたく）なさに呆（あき）れ返ったその瞬間、突然、胸にがつんと感嘆符が刻まれた。傷（いた）む直前のみかんでお腹を満たすことを、単純に無知で馬鹿げた行為だと言えるんだろうか。明日になれば本当に飢えてしまう、もしもそんな日が来るとしたら、このシーンを振り返りながら、快調さんの人生観は賢かったと思うことになるんじゃないだろうか。

私は急いで自分の部屋に戻った。紐(ひも)の先にぶらさがった操(あやつ)り人形のように、自分の意思とは関係なく人生は勝手に動いていた。賃貸借契約書に明記された快調さんの契約期間は四カ月後に終了となっている。長期の賃貸契約が可能という言葉だけを固く信じて入居したけれど、状況が変わる可能性は十分あった。これからは新たなオーナーという名の、その紐を握った人が私の運命を決定する番だ。ここに住み続けることができるだろうか。ときどきここを出たいと思う瞬間もあるにはあったけれど、追い出されたいわけではなかったのに。ふと、肩が重くなるのは、この部屋の元住人の足が私の肩の上に乗っているからのような気がしてきた。性別も年齢も、生きてきた人生の一欠片(ひとかけら)もわからないその人が、私の目の前でうなだれて、黒々とした影を落としていた。

窓に身を預けながら立つと、闇に埋もれた草むらのうしろに、遠く光がぽつぽつと見えた。風景の中の家々は、いつだって冷たく、あり余るほど多く、それぞれが光を発している。私は鎖のように絡まり合った他人との関係を思った。その関係のどのあたりに自分は位置すべきなのか、少し思案してみたりもした。だけど私にできる精いっぱいのことは、この瞬間が思い出せないほど遠い過去になってくれることを願いながら、ぼんやりと立っていることだけだった。私の肩の重みが単なる筋肉痛であることを、絶望の影が私を襲ったりしないことを、不幸と憂鬱の悪臭が染みつかないことを、オーナーの言うとおり、この家に来てからはすべてがうまくいくであろうことを、祈りながら。

箱の中の男

僕は箱の中に住んでいる。きっちり閉ざされた安全な箱の中に。その中から僕は世の中を見守り、観察する。じっくり見たいものをじっくり見て、嫌な気分になったらぎゅっと目を閉じてしまう。そんな話を聞かせたら、兄はうっすら笑みを浮かべた。笑みじゃなかったかもしれない。兄の気分を表情から読み解くのは容易(たやす)くない。顔はほとんど硬直していて、表情と言っても片方の口角をぎこちなく上げるくらいだから。それに兄は……いや、やめておこう。兄の状態をくわしく描写するのは、僕にとっても兄にとっても楽しいことじゃないから。僕が言えるのは、最初から兄がこんなふうだったわけじゃない、ということだけだ。

かつての兄は、誰よりも力強い声を響かせて、朝日のような明るい笑顔を惜しみなく振りまく人だった。兄がこんなふうになったのは、箱の外に不用意に飛び出してしまったせいだ。僕が箱の中にいるのは、だから当然のことだった。誰も入ってくることができず、うっかり飛び出してしまう心配もないこの場所で、僕は安全で平和に生きている。

　とはいえ、世の中から断絶した人生を生きているわけじゃない。ちゃんと仕事もしているし、生活する中で毎日誰かと言葉を交わす。同僚とは荷物の積み下ろし作業のきつさを愚痴り合ったりもするし、エレベーターに乗れば、遠くから歩いてくるおばあさんのために閉まりかけのドアを開けてあげることだってある。めったにないけれど、宅配便の配達先で軽く挨拶を交わす瞬間もある。だけどそれは最低限のマナーでしかない。

　そうしなければ、感じが悪いと言われてしまうし、積み重なった不満やクレームはどんな形であれ、僕にダメージを与えるだろうから。基本的なマナーと社会性は保ちつつ、ときに悔しさに耐え、割に合わないと思っても、じっと我慢してやりすごすこと。それが僕のような労働者たちの、生き残るための無言の闘いだ。

　もちろん、耐え難い瞬間もときどき訪れる。住所の入力ミスで発生する手間や、配送遅延のクレームなんかは、まだどうってことはない。最悪なのは、相手と顔を突き合わせた状態でトラブルが発生するときだ。

　たとえば、重いミネラルウォーターのケースを家の中まで運んでくれと、おじいさんに言われて揉めたことがある。暑い日で、背中に汗ばんだシャツがべったりと張りつき、目の前にはやっとのことで下ろしたペットボトルのケースが山と積まれていた。ぱっとドアを開けたおじいさんはいきなり、玄関までペットボトルを全部運び入れるようにと、しゃがれた声で命令した。第一声からそんな攻撃的な言い方をされなければ、僕も考えたかもしれない。だけど有無を言わせぬ上から目線で、こんなところに置きっぱなしにする気かと高圧的に怒鳴りつけられてはどうしようもなかった。マニュアルどおり、宅配の規定上、品物を家の中まで運び入れる義務はありませんと応じたが、相手は頑として聞き入れなかった。僕はなんとか冷静に口を利こうとしたが、返ってきたのは、口にするのもはばかられる罵声に職業差別、それに目の前でバン、とドアが乱暴に閉められる音だった。こめかみからは大粒の汗がぽたりと流れ落ち、拳もぐっと握られた。考える間もなく、僕の拳はドアを叩いていた。ドンドンドンドン。錆びた鉄のドアの軋む音が、獰猛な犬の咆哮のようにギーギーと廊下に響いた。体の中から抑えようのない怒りが滲み出るように広がった。ドアの向こうの老人は反応しない。よかった。ドアが開いたら、すかさず拳が飛んでいっただろうし、僕は職を失ったはずで、自分自身と世の中をまた一層憎んでいただろうから。

　さいわいなことに、時が経つにつれ、受取人と対面することも、配達時の声かけも減っていった。僕の仕事はだんだんと単純化し、ほとんど客の相手をすることなく、ただ荷物を載せ、閉まっているドアの前にどさっと荷物を置くだけで済むようになった。その一連の作業は単純なことの繰り返しできつかったけれど、ある意味、僕の世界観とぴたりと一致した。固く閉ざされたドアの前の密封された箱。互いに顔を合わせる必要も、箱の中身が何であるか知る必要もない。この仕事で最も重要なのは、荷物が安全に届けられることだけだ。安全——僕の人生のモットー。僕が箱の中に住む理由も、まさにそこにある。

ときどき立ち寄る公園で、子どもたちがはしゃいでいるのをよく見かける。ベンチにじっと座っていると、目の前で子どもが転ぶこともある。そんなときは手を貸して起こしてあげたくなる。兄がそうだったように、僕も本能ではそう感じる。けれども僕は、子どもたちに手を差し伸べるかわりに、ぎゅっと身を縮め、手が伸びていかないよう必死でガードする。人を傷つけるための拳を上げてはいけないように、人を助けるための手も差し伸べてはいけない。僕の手は誰に向かっても伸びていかない。人生から教わった苦々しい習慣だ。

最初からこんな人生を生きてきたわけじゃない。兄があんなことにならなければ、すべては今とは違っていただろう。かつての兄は光のような、あとをついていきたい道のような存在だった。いくら頑張っても僕の力では真似(まね)できない、とにかく心強い存在だった自慢の兄。僕が兄に似なかったのは、喜ばしいことなのか、呪(のろ)うべきことなのか。

生まれつき弱々しく消極的だった僕とは違って、兄は何をやらせても優秀で、どこに行っても人気者だった。がっしりとたくましい体つきであるにもかかわらず、むやみに力を誇示したり威張ったりすることがなく、気さくで飾らない性格でもあった。とはいえ、それは過去の兄の話だ。今、僕が二週間に一度、義務的に会いに行っている兄は、暗い六人部屋のベッドで天井だけを見つめ、ゼイゼイと呼吸し続けている。兄の時間は十二年間、止まったままだ。

あの夜、あの残酷だった夜。もし僕が一緒だったなら、僕は兄を引き留めただろうか。今は手錠がかかっているかのように縛り上げられている、この手を伸ばし、無謀な運命に向かっていく兄を阻むことができたんだろうか。できたとしたら今でも兄は、笑って、賑やかに毎日を過ごして、力強く歩む人間だったんだろうか。

*

当時、僕たちは高台にある古いマンション団地に暮らしていた。正面からその敷地内に入るよりも、古い住宅地のある脇の入口から入るほうが近道だったが、そこは人気もまばらで、主に個人所有のトラックやタクシーの駐車スペースとして使われていた。長く続く急な坂道で、サイドブレーキに加えて、必ず後輪をタイヤ止めで固定しておかなければ安全とはいえない場所だった。

その夜、兄は一杯ひっかけて家に帰る途中だった。坂のてっぺんにはいつものように青いトラックが一台停められていた。兄が坂の手前に立ち、一服しようとポケットをがさごそしていたときだった。すぐ脇の路地が何やら騒がしいと思ったら、若い夫婦が街灯の下にいるのが見えた。二人は言い争っていて、だんだん声が大きくなっていくところを見ると、喧嘩(けんか)は長引きそうだった。彼らの傍(かたわ)らでは三、四歳くらいの子どもがちょろちょろしていたが、口論に夢中になっていた夫婦は、子どもが一人で道路の反対側に歩いていくのに気づかなかった。

兄は取り出しかけたタバコを戻し、立ち去ったほうがよさそうだと考えた。歩き出そうとしたそのとき、説明しがたい違和感を覚えた兄は、ぎゅっと目をつぶり、もう一度目を開けた。動いていてはならない背景が動きだしていた。飲みすぎたのかと首をひねった瞬間、兄は気づいた。トラックがゆっくりと、ものすごくのろのろとしたスピードで下りはじめていた。タイヤの下にあるべきストッパーが見えなかった。何も気づいていない夫婦が互いに詰(なじ)り合って大声を出しているあいだ、子どもはいつの間にかトラックの真下の一直線上にしゃがみこみ、石ころを地面に叩きつけて遊んでいた。

ゆっくりと動いていたトラックが突然、加速した。それは坂の下に向かって青い火花を広げるように恐ろしいスピードで下りはじめた。考える余裕もなかった。兄は稲妻のように素早く転がり込み、子どもを力ずくで押し飛ばすと、次の瞬間、トラックの下に姿を消した。そのときになってようやく夫婦は喧嘩をやめ、得体の知れないおぞましい声のするほうに顔を向けた。

兄のことは新聞やニュースで報道された。なぜか顔をモザイク処理された例の夫婦が、インタビューに応じていた。子どもは無事で腕に怪我をした程度で済んだと、深く感謝を述べる夫婦の声は謙虚だったが、どことなく冷ややかだった。兄には「勇敢な市民賞」が贈られ、授賞式には僕が代理で出席した。区長から渡された冷たい金属製の楯に触れたとき、おかしなことに体じゅうに鳥肌が立った。これらすべてのことが起こっているあいだ、兄はずっと満身創痍で病室に横たわっていた。取材陣が無遠慮に突き付けてくるマイクに向かって、兄は全身包帯とギプスでぐるぐる巻きにされたまま、うまく回らない舌でこう答えた。当然すべきことをしただけなのだと。

時は流れた。兄が持っていたものは次第に消えていった。仕事、買ったばかりの車、独り暮らしの母、結婚を約束していた恋人、そして兄のもとを訪ねてきた多くの見舞客。不幸だけをずらりと並べたような悲しい人生。そんな人生が僕たちのものとなった。

＊

ごくたまに、あの夫婦の人生を覗き見る。事故現場近くの住宅地は取り壊され、跡地にはマンションが立ち並んだ。夫婦はマンションの入口の商店街で花屋を営んでいる。店名を検索し、ＳＮＳで彼らの日常を盗み見るのは難しいことじゃない。彼らの人生は平和で豊かだ。明るい笑顔があふれる日常にはかわいいペットがいて、海外旅行の形跡と新しい物を購入した小さな喜びが垣間見える。彼らにそんな人生を許したのは兄だ。その代償として兄は、停止した時間の中、あちこち床ずれした体で意味のない呼吸をする。

たった一度だけ、彼らの店に入ってみたことがある。誰もいない空間に色とりどりのきれいな花が森のように生い茂っていた。僕は妖精の庭に紛れ込んだみたいに、眩暈がするような花の香りにうっとりしたまま、どうしていいかわからず立ち尽くしていた。贈られたことも、贈ったこともない、名も知らない花々はただただ馴染みがなかった。

そのとき、店内に華奢な女の子が入ってきた。お母さん、と呼ぶ高く澄んだ声。顔を見るよりも先に、その子の腕にある長い傷が目に留まった。チェーンのようにびっしりつながった色褪(いろあ)せた傷跡。それは、兄が救った痕跡であり、その子が生き残った証(あか)しでもあった。

女の子の視線と僕の目がぶつかった。僕の人生と自分がどう関わりがあるのか、自分の命が何を奪っていったのか、何一つ知らない無邪気な眼差(まなざ)しが銀縁メガネのレンズ越しに冷たく覗いていた。しおれた花など一本も見当たらないその場所から、僕は逃げるように出ていった。

その夜、見た夢を僕は忘れることができない。顔の見えない人たちが、何万本もの枯れた花の隙間(すきま)から、延々と叫び続けていた夢。

誰が助けてくれって言いました？　感謝してるって十分すぎるくらいに言いましたよね。一度助けてもらったからって、一生罪を背負って生きろと言うんですか？　誰も助けてくれなんて一言も言ってません……。

被害者は加害者だけを恨む。だから兄がただじっと傍観していたとしても問題になることはなかった。夫婦はサイドブレーキをかけておかなかったトラックの運転手を呪っただろうけれど、兄を咎(とが)めることはできなかったはずだ。彼ら自身にもできなかったことなのだから。もちろん彼らは兄に感謝していた。だが感謝の代償はシビアだ。当然すべきことをしただけだって？　嘘だ。そうでも言わなければ正気でなどいられないから、真っ赤な嘘をついただけだ。夜更けに兄が苦痛と後悔に泣きわめく姿を、僕は数えきれないほど見てきた。

人は感謝の気持ちをいとも簡単に、あまりにもあっさりと忘れてしまう。ありがとうとお礼を伝え、よかったと息をつき、そして、何ごともなかったかのように日常に戻っていく。

ずいぶん長いあいだ、僕はそのことに憤りを覚えていた。でも時が経つと、もう少し合理的に考えるようになっていった。たやすく感謝の気持ちを忘れられてしまうなら、対策は簡単だ。わざわざ人に感謝されることなどしなければいいのだ。誰かに感謝されそうなことをするのは、自分が危険にさらされ、損をするという意味だから。だから自分にしっかり言い聞かせなければならない。絶対に、絶対に、自分と関係のないことには関わってはいけないのだと。

クリスマスイブのある出来事を経験してからも、その考えは変わらなかった。

連休を控えたその日は、明け方から積もりだした雪で、どう見てもハードな一日になりそうだった。翌日がクリスマスだというのも癪に障るだけだった。雪道をのろのろと進む車両のあいだでクラクションを鳴らし続けたが、状況は何も変わらなかった。そのうえ、事もあろうに朝からプスプスとおかしな音を立てていたエンジンがいよいよ怪しくなり、路肩に車を寄せた途端、今度はタイヤからプシューと空気が抜ける音がして、完全に停止してしまった。

本社の作業班の班長とメッセージをやりとりし、こういうケースはマニュアル上、不可抗力に該当するので、あまり問題にはならないだろうと言われ、ようやくがちがちに強(こわ)ばっていた体もほぐれはじめた。保険会社からは、道路事情で到着まで少し時間がかかると言われたが、肩の荷が下りた気分だった。これで少しのあいだは、追われるように次の目的地に向かわなくてもよかったから。

車窓の向こうには雪に覆われた清渓川(チョンゲチョン)が広がっていた。街は白く塗られたように別世界に変わり、周囲の騒音すら白く舞う雪に吸い込まれていくようだった。天気の移り変わりをまともに感じるのは、どれくらいぶりだろう。雨や雪になると反射的にまずは配達の遅れを気にしていたけれど、思いがけないアクシデントのおかげで、天気によって姿を変えた街を、クリスマスイブの風景を僕は鑑賞していた。わずかな時間ではあったけれど、世の中が美しく見えた。僕は車のドアを開けて外に出た。すれ違う聖歌隊の敬虔(けいけん)な歌声が美しく響き渡っている。

ある食堂のドアが開いて、親子と思われる女性が二人、店から出てきた。体格のいいおばあさんと、長い黒髪の女性だった。二人は自分たちが大人であることを忘れたみたいに、子どものようにぴょんぴょん跳ねながら雪の上で楽しそうにはしゃいでいた。軽快な笑い声が途切れなかった。そうだよな。家族ってああいうもんだったよな。込み上げてくるものがあって、僕は潑溂（はつらつ）とした二人の姿を目で追った。そのとき、妙な風景を視線がとらえた。一人の男が彼女たちのほうに近づいていた。歩き方がひどくぎこちなかったが、雪道で滑るからなのか、わざとなのかは見分けがつきにくかった。少し前から彼の存在に気づいていた様子の通行人たちはなぜか動揺していた。次の瞬間、僕は自分の目を疑わずにはいられなかった。男の手にはナイフがあった。僕の声が出るより先に、男がもう片方の手に持ったハンマーを振り上げた。悲鳴が聞こえ、襲われた女性が地面に倒れ込んだ。一瞬の出来事だった。

呼吸が苦しくなり手がぶるぶる震えた。僕は彼らからそう遠くない距離にいた。歩数で言えば二十歩ほど。でも僕は銅像にでもなったかのようにその場から一歩も動くことができなかった。助けてください。女性が叫んだが、その声は力なく途切れた。真っ白な雪にいくつもの真っ赤な点がついている。年嵩（としかさ）のほうの女性が何かを押しとどめるように、食堂のドアの前に立ちはだかったが、襲撃はさらに続いた。その女性が倒れ込んだ赤く染まるガラスのドアの向こうに、一人の少年が見えた。何とも思っていないような、無表情なその子は、クリスマスイブの日の惨事と同じくらい、その場に似つかわしくない顔をして、ドアの外の出来事を眺めていた。

そのあとの場面はどれもよく覚えていない。悲鳴に変わった聖歌隊の声が耳をワンワンとかき乱し、なすすべもない出来事が次々と起こった。そのすべてが終わるまで、僕は兄の手を何度も感じていた。僕の背中を押す兄の手を。

けれども僕はぶんぶんと頭を振って、雪に埋もれた足を踏ん張ったまま、微動だにしなかった。それが僕の生き残るすべだった。僕の人生の基準どおりの、兄が残した教訓どおりの。

その日の夜、ぼろぼろな気分のまま僕はテレビの前に座っていた。一日中何も食べていないせいで頭がくらくらしたが、腹は空(す)かなかった。とんでもない一日だった。同僚が代わりにトラックを運転して行ったあと、警察に参考人として呼ばれ、遅れてようやく夜のシフトに入り、割り当てられた分をこなして帰ってきた。一日の出来事にしては、あまりにもたくさんのことが起こりすぎた。明日がクリスマスだというのが信じられなかった。ニュースで昼間の事件が報道されていたけれど、僕はそのままテレビを消してしまった。

その後、与えられた数日間の短い休暇のあいだ、僕は何もすることができなかった。消してしまうには、あの日の記憶はあまりにも鮮烈すぎた。助けてくださいという、追いつめられた叫び。足元に積もっていく雪。そして血で赤く染まったドアの向こうに立っていた、あの少年の顔が何度も何度もよみがえった。

二日後、結局、僕は訃報を伝える記事に載っていた病院の葬儀場（韓国では大きな病院に葬儀関連施設が併設されている）を訪ねて行った。三日間かけて行われる合同葬儀の出棺前日だった。思ったほど人は多くなかった。足を運んだのは漠然とした哀悼の気持ちからだった。誰も僕のせいにはしなかったが、ひょっとしたら、こうでもしなければ罪悪感を拭いきれないと思ったからかもしれない。けれども、広い空間を埋めつくす重苦しい沈鬱な空気を肌で感じたら、誰に対しても黙禱を捧げる自信がなくなってしまった。自分が犠牲者の遺族と同じ空間にいるという事実が、どうしようもなく厚かましく感じられた。自分でもどうしていいかわからない気持ちを抱えたまま、僕は急いでその場を後にした。

ロビーを通り過ぎ、エレベーターを待っていたときだった。横一列に長く並んだ待機用の椅子に一人の少年が座っていた。黒い礼服を着ていたが、あどけない顔にどこか見覚えがあった。あの日見かけた、赤く染まったドアの向こうにいた子、雪の上で肉親を亡くした子だった。

背筋を伸ばし気味に座っていたその子は、組んだ手を力なく膝に乗せたまま前を見据えていた。最初は沈んでいるように見えた。だがそれは、その子が喪服姿だからそう見えるだけだとすぐにわかった。少年は座ったまま、通り過ぎていく人たちを観察していた。式場で働く人たち、涙を拭う遺族、急ぎ足で入っていく弔問客をじいっと見つめていた。執拗に何かを探り出すような目つきではなかった。それでも一人一人に長く目線を向け、自分なりの感想を脳裏に焼きつけているようだった。僕はその目に引きつけられて、エレベーターに乗るのも忘れ、ゆっくりとその子のほうに近づくと、二つ離れた席に座った。

——何をそんなに見ているんだい。

どう切り出そうかと思いながら、声をかけた。

——人です。

短くその子が答えた。

——人？

——そうです。気になるから。みんな何を考えて生きているのかなあって。

その子はちょっと口ごもってから、こう言った。

——ばあちゃんが死にました。母さんはまだ生きているけど、死ぬかもしれません。助かっても半分死んでるみたいな状態かもしれないし。

高くも低くもない淡々とした口調。家族の悲劇を口にする十代の少年の話し方にしては異様なほどに落ち着き払っていた。慰めの言葉をかけたかったが、これほど重い出来事に見舞われた子にかけてあげられる言葉など、そう簡単に思い浮かばなかった。

——……すごく怒りを感じているだろう？

——そうじゃないんです。理解できないと思うけど、怒りは感じないんです。ただ知りたいだけなんです。世の中で起こる出来事に、みんなはどんなふうに反応するのかってことを。そこにはどんな理由があるんだろうって。

より正確に表そうとするように、その子は付け加えた。

——それに、同じようなことが起きたら僕はどうしていたか、ってことも考えているんです。わかっていると思ってたけど、急にわからなくなりました。ほんとは最初からわかってなかったんだと思います。

人間を機械に置き換えたみたいなそっけない言い方だった。だが不思議なことに、その口調には好奇心のようなものが感じられた。いや、好奇心というよりは探求心と呼ぶほうが近い。気になって抑えられない子どものような好奇心ではなかった。それよりは学者のような沈着な態度で世の中を見据えて分析するという感じに近く、僕と会話するというより、僕という対象を通して自分の考えをまとめているみたいに映った。そんな役割でも僕にできるのであれば、少し救われた。

――おじさんはわかりますか。

そう尋ねられ、僕は頭を横に振った。

――僕も同じだ。わかってるはずだって思っていたけど……君が言うように、本当は最初からわかっていなかったんだろうね。

僕は長い深呼吸をしてから、勇気を出して言った。

――お母さんが早く回復するよう、祈ってるよ。

ところが、それに続く返事は、僕をぎくりとさせた。

――すごく知りたいことがあるんです。もしあの日に戻れるとしたら、何かが違っていたんでしょうか。

その子は食い入るように僕を見ていた。僕があの場にいたということを知っているのだろうか。釘付けになったように僕がただ立ち尽くしていたことを？　僕をじっと見つめるこの子の眼差しは何を意味しているのだろう。非難するため、それともどう反応するか試そうとでも？　何も読み取れない表情は僕を混乱させ、もうこれ以上、この場にいるのがいたたまれなくなった。僕は電話がかかってきたふりをして、スマホを耳に当てながら立ち上がった。

その子との会話はそれがすべてだった。大人として、一人の人間として、僕にはその少年に答えてあげられることが何もなかった。

ところがその後も、少年の眼差しをなかなか忘れることができずにいた。どう考えても、何とも説明しがたい表情だった。彼には誰かのせいにしたり、恨んだりする気がなかったからなのかもしれない。本当に理解できなくて、誰も答えてあげられない、答えることが不可能な、ある答えを探しているみたいだった。彼の顔が思い浮かぶたび、僕は苦しまぎれに寝返りを打つしかなかった。

その後、僕の心の中には秘密ができた。それは頭をよぎるだけで身震いするような残酷な秘密だった。僕は、あのトラックが疾走しだした瞬間、一歩遅れて振り向いた夫婦の心情を知ってしまった。申し訳なく思うと同時に、できる限り早く忘れ去りたいという気持ち。決して知りたくなかった誰かの心情がわかる気がするという、その思いは、恐ろしいほどに僕を押さえつけた。何の迷いもなく過ごしていた自分にとって、その手の悩みは喜ばしいものではなかった。物を運ぶときも、なかなか来ないエレベーターの前で、重い台車を脇に寄せて虚(むな)しく待っているときも、苦しい思いが頭から離れなかった。

年が明けて数日後、僕は兄のもとを訪ねて行った。兄の顔色はますます生気を失っていた。保温ボトルに入れて持っていったトック（韓国風の雑煮）を小さくちぎって口に入れてやったが、たびたび汁が口の外にこぼれていった。

――兄さん。

そっと兄を呼んだ。ずいぶん久しぶりに呼ぶような気がした。

――こうなったこと、後悔してないか？

唐突な問いかけに驚いたのか、兄は体をびくっとさせた。

――ただ、おまえに申し訳ない。

兄の答えは言葉にすると短いが、音声で聞こうとすると、ものすごく時間がかかる。

――いや、申し訳ないとかじゃなくて、後悔はしてないのかって。

僕は訊いた。どことなく怒りが滲んだ声で。そして僕は、聞いてはいけない質問をぶつけてしまった。

――あの日にもう一度戻れるとしたら、また同じことをするのかって。

兄はしばらく黙っていた。

――それは、簡単には答えられない。簡単に答えてもだめだ。どういう答えだとしても、誰かはつらい思いをする。

――どうして。

——同じことをすると答えれば、おまえにつらい思いをさせるだろうし、しないと答えれば自分が卑怯(ひきょう)者になるわけだから。

——そうじゃない、そういう答えじゃなくて。兄さん、俺、今まで一度も兄さんに訊いたことなかった。訊く勇気がなかった。けど、知らないといけないんだ。知りたいんだよ。もし、もしも、あの日にもう一度戻ったら、どうするんだよ?

すでに涙が込み上げてくるのを感じながらも、僕は何が何でも訊こうとした。今日こそは、ちゃんとした答えが聞きたかった。あの子に言ってあげられなかった答えを突き止めたかった。兄は苦笑いした。

——なあ、もう起きてしまったことに、もしも、なんてないんだよ。それは責任も取れないような夢を見るのと同じだ。けれど、一つだけ言えることがある。どっちを取ったとしても、誰かはつらい思いをするんだよ。

兄が僕を見た。

——逆に言えば、誰かは喜ぶことになるんだ。

夢うつつのような兄の言葉は僕の心に響かなかった。それは黒い紙をひっくり返せば白い紙になるという話と何も違わないように聞こえた。世の中に起こる無数の出来事に正解のようなものがあるわけなどなかった。年末以来しばらく苦しめられてきたあらゆる問題から、僕は再び自由になろうと決めた。

その後、僕はまた箱の中で暮らした。箱を上げて箱を下ろし、それを閉ざされたドアの前に置く。より大変な日と、まあまあ耐えられる日があるだけで、ただ点から点に続く直線のように、生活には何の変化もなかった。そのことは僕に安堵(あんど)と虚しさを同時に抱かせた。

＊

一年が過ぎ、再び冬が巡ってきた。十一月まで続いた季節外れの高温のせいで、ずっと晩秋のようだったのが、十二月に入ると、約束していたかのように季節が冬に切り替わった。いきなり訪れた寒さに、朝から全身冷え切って関節が思うように動かなかった。

もともとは非番だったが、同僚が急に病欠になって、ピンチヒッターとして出勤した日だった。僕の担当エリアからはかなり距離があったが、配達先のリストを見たらすぐに道の見当はついた。そこは以前、僕が暮らしていた街だった。

車がそのエリアに入ると、全身の神経が鋭く研(と)ぎ澄まされた。どの路地にも宿る子どもの頃の記憶の上に、見慣れないマンションが突き出た錐(きり)のように立ち並んでいた。見知らぬ地図の上を慣れた様子で分け入っていくような感覚というか、方向がはっきりわかっている迷路のような感じだった。以前、僕たち兄弟が住んでいたマンション。正面ではなく脇から出入りしていたあの道、ちょうどその場所に、かつての住宅地を追いやったマンションが建っていた。年月が経ち、ここもまた完全に新しいマンションとは言えなくなっていた。僕は淡々と車を停め、仕事だけに集中しようと気持ちを切り替えた。

そうして最初の棟の配達を終えて出てきたときだった。次の棟に向かうためトラックに乗り込もうとしたら、どこかから奇妙な音が聞こえてきた。最初は花壇に隠れている猫が唸(うな)っているんだろうと思っていた。ところがその音に人の呼吸音が交じっている。僕は不吉な予感に襲われ、花壇に沿って一歩ずつ慎重に歩いていった。空はどんよりとして、周りには人っ子一人見当たらなかった。

道は途中でなくなり、行き止まりのその先は散策路へと続いていた。その手前で、若い女性が倒れて苦しそうにしていた。資源ゴミを出しにきて倒れたのか、周りにはペットボトルや空き箱が散乱している。女性は胸のあたりをわしづかみにしながら激しく震えていた。顔が歪(ゆが)み、つらそうだった。大丈夫ですか？　震える声でなんとか声をかけたが、女性は答えることができず、うつろな目からはだんだんと生気がなくなり、次の瞬間、完全に意識を失ってしまった。

僕は混乱したまま、ぼうっと立ち尽くしていた。灰色に覆われた空間には女性と僕の二人しかいなかった。わずかのあいだにいろいろな考えが頭をよぎった。忘れかけたころにまた浴びせられる仕事中の暴言、面倒なことに巻き込まれるかもしれないという不安、助けようとして体に触れたら逆に加害者扱いされて訴えられたという話の数々、クリスマスイブ、赤く染まったドアの向こうにいた少年、そして兄。

一一九に電話することも思いつかず、僕は石のように体を硬直させていた。こんなことなら見なければよかったのに。聞こえていないふりをして、こんなところまで来なければよかったのに……。僕は思わず後ずさりしていた。怖かった。ここから抜け出すことだけが、僕が取れる一番賢明な行動のように思えた。

そのとき、体に鈍い衝撃を感じた。誰かが僕を押し退け、女性の前にすっ飛んでいくと、地面に膝をついてしゃがんだ。トレーニングウエアを着た女の子だった。その子は女性をまっすぐ寝かせると、女性のカーディガンのボタンを外し、呼吸と脈拍を確認した。そして、一方の手をもう一方の手の上に重ねて組むと、女性の体の上に載せた。

いち、に、さん、し、いち、に、さん、し。

号令をかけるように呪文にも似た数を数えながら、その子は女性の胸骨を圧迫した。彼女の小さな体から出てくる力は等しく一定で、その規則正しい連続性には意志と意地が感じられた。

——一一九です、おじさん！

その子は僕を見ずに叫んだ。息が上がって声がかすれていた。

——それからＡＥＤ、一〇一棟のポストの脇です！　入口の暗証番号は……。

——わかってる。しゃべらなくていいから。

すでに走り出していた僕は、うしろに向かって叫んでいた。女の子の言葉にハッと我に返った気がしていた。片手で一一九に電話をかけながら、僕は息が切れるほど走り、一〇一棟のエントランスの暗証番号を押した。一一九に通報して状況を伝え、さらに、この棟は建物が二手に分かれていて、入口からまっすぐ上ってベンチの前で左折すると花壇に出る、と付け加えるのも忘れなかった。無我夢中だったのに、さっき初めて配達した一〇一棟の全体図や入口の暗証番号をとっさに思い出したというのが、自分でも信じられなかった。

取ってきたＡＥＤを手渡すと、女の子が言った。

——私がやってるの、見えますよね。今度はおじさんがこれをやるんです。一瞬でも止めたらダメですよ、早く！

ものすごく真剣な口調だったせいだろうか。不安はあったが、その子が女性の胸部から手を離すと、僕はすかさずバトンタッチして下向きに圧迫しはじめた。強すぎず、速すぎず、できるだけその子が見せてくれた垂直方向を意識して。そうしているあいだに、その子はＡＥＤの電源を入れ、服の中から女性に電極パッドを貼った。

――手を離して、離れてください、危ないので。

そう言われて動きを止めた。その子は少しのあいだ激しく呼吸をすると、ボタンを押した。僕の体からは汗が流れ、眩暈がしそうなほどに息が切れたが、女性の青白い顔を見たら、ただ一つのことしか考えられなかった。

助かってほしい。息を吹き返してほしい。何の面識もない人だけれど、もしかしたら一つくらいは、この人の部屋の前に僕の手を経た荷物が届いたことがあったかもしれない。自分のこの速すぎる脈拍を少しでも分けてあげたい。だから、助かってほしい……。

そのときだった。女性が微かに体を震わせ空咳をした。再び体が起き出す音だった。僕は血が通いやすいように、あたたかい手で女性の手と腕をマッサージした。コートも脱いで体の上に掛けてあげた。ものの数分もせずに救急隊員が到着したため、僕は状況を説明すると、あとの処置を彼らに任せた。女性を担架に乗せた隊員から、一刻を争う状況は脱したようだと言われ、ようやく現実に戻ってきたような気がした。

まだドクドク鳴っている脈が落ち着かないまま、周囲を見回した。女の子の姿が見当たらない。顔をひょいと上げると、その子が逃げるように走りながら坂を下って行くのが見えた。僕は救急車を背に、急いでその子のあとを追った。

——ちょっと待って！

呼び止めると、その子は一瞬、止まって振り返るような素振りを見せたが、さらに速く走りだした。どういうことだと思いながら、僕も全速力でその子を追いかけた。走ることに関しては自信があったのに、その子はわざと僕を怒らせるかのように、リュックを左右に揺らしながらよく走った。並みの速さじゃなかった。

——ちょっと待ってくれよ。逃げてるんじゃないなら、止まってくれないかな！

もう一度、大声で叫ぶと、ようやくその子はスピードを落とした。ハアハア言いながら膝に手を当てた僕とは違って、別に息が上がっている様子でもない。

——何か言うことがあるなら早く言ってください。ちょっと忙しくて……。

どこかつっけんどんにその子は言った。

——救急隊員も来たのに、そのまま逃げちゃうなんて。君が応急処置も全部やってくれたのに。

——女の人が無事なのは確認したし、これ以上いなくてもよさそうだったから。

ついさっきまであんなに逃げていたくせに、しらばくれたことを言う。

——でもお礼くらい聞いてから行ってもいいんじゃないのかい。命の恩人なんだよ。

——感謝されたくてやったわけじゃないから。意識が戻ってよかったのは確かだけど。

ずり落ちたメガネを上げながら女の子が言った。銀縁メガネの向こうの瞳が冷たいほどに澄んで光っている。どこかで見た記憶がある、という思いをよそに、僕はつぶやいた。

——勇気あるな。

——学校で教わったとおりやっただけです。合ってるのかわからなくて、一瞬、すごくびびったけど。こんなのムダだって思っていたけど、習っておけば何かの役に立つこともあるんですね。

女の子がにこっと笑った。

——それに、おじさんがいなかったら、私もできなかったと思います。

その子の笑顔を前にしても、僕はなぜか笑うことができなかった。作り笑いを浮かべたが、笑い声までは出てこなかった。ついさっき、この子が心肺蘇生（そせい）をしていた姿が浮かんだ。消えかけている命に、自分のありったけの力を注ぎこんでいた姿。

——僕は何もやってない。君が全部やってくれたんだよ。

——おじさんが救急車も呼んで、ＡＥＤだって持ってきてくれたじゃないですか。一緒に助けてくれたんです。おじさん、ありがとう。


当事者と関係のない人が、関係のない人に感謝されていた。意識を失っていた女性は、自分のために誰が何をしたのか、まったく知らないだろうから。けれど、必ずしも本人からありがとうと言われなくても、これで十分だという気がした。

——それで、おじさん……。

女の子が遠慮がちに僕を呼んだ。

——かまわなければ、このこと内緒にしてもらえませんか。もし救急隊員とかあの女の人から連絡が来ても、私のことは話さないってことで……。

——どうして？

女の子は言うのを止（や）めて、もじもじした。

——じつは今、塾に行ってないといけない時間なんです。今ここにいたら絶対ダメなのに……だから知られるとまずいんです。

思いがけないアリバイ作りの協力依頼に僕は言葉を失った。僕の気持ちを読んだかのように、その子は慌てて言い繕った。

――あ、私のこと、信じてもらって大丈夫です。悪いことしてるわけじゃないし、ただ親の期待と私のやりたいことがちょっとずれてて、それだけのことです。だから内緒にして、お願いです。

泣きつくように両手を合わせたその子の袖口(そでぐち)から、小さな傷跡がはみ出していた。チェーンのような形の色褪せた傷。実際には見てはいないけれど、頭の中でだけは見飽きるほど見てきた、ある場面が脳裏をよぎった。ずっと昔のある夜、兄とある子どもが出会った場面が。

僕は、その傷を――誰かが生き残った痕跡を、また別の誰かが吹き込んだ生命(いのち)の痕跡をじっと見つめた。その子は僕の視線をイエスという意味にとらえたのか、笑顔を見せると風のように走り去った。

本当に、速かった。

その後、そのマンションに行く機会はもうなかった。担当エリアではないし、あえてそこへ向かうようなことは今後もないだろう。救急隊員から、女性がお礼を言うために連絡先を知りたがっていると電話が来たが、僕は、無事であればそれで十分だと伝えてほしいと答えた。気持ちとしてはあの女の子の存在を話してあげたかったけれど、約束は約束だ。そうしてこのことは、僕とあの子の二人だけの秘密になった。

たぶん僕は、相変わらず箱の中に潜(ひそ)んで安全な人生を夢見るだろう。すでに凝り固まってしまった大人の心はそう簡単に変わるものじゃないから。それでも、誰かに向かって遠く手を伸ばすことはできなくても、握りしめた手を開き、誰かと握手するくらいの勇気なら、ときどき出せたりするんだろうか。

兄の言うとおり、人生は、誰かをつらい思いにさせ、誰かを喜ばせる。そういう意味では、僕が知りたかった答えは永遠に見つけられないのだろう。それでも、唯一、救いになるのは、つらさも喜びも一つの種類しかないわけではなさそうだということだ。あの子が永遠にずっと抱えて生きていく傷のように、あの子と僕が交わした内緒の微笑(ほほえ)みのように。

文学とは何か

0. 幽霊

その後、ボラはたった一度だけ実際にユンソクに会う機会があった。あの出来事から十数年が経った頃、街で見かけたのだった。当時まだ若かった作家は白髪になり、その背中は丸まっていた。虚ろな目つきでのろのろと歩いていたユンソクに、ふと幽霊が布団のように覆いかぶさっているのが見えたような気がして、ボラは身震いし、幽霊の顔を見ないよう目を逸らした。そして老作家を蝕んだものが自分にやってこないことを切実に願った。その願いは、のちに彼女が再び書けるようになるきっかけにもなった。

1．表面的な結論

皮肉なことに、その小説は、ユンソクのこれまで作品のなかでも最も高い売れ行きを記録した。その後も多くの作品を執筆したが、その本の記録には近づくことすらできなかった。彼はたびたび悪夢に悩まされ、それ以上に頻繁に、もう自分は何も書けないだろうという啓示にも似た予感に襲われた。だがその予感はいつも外れ、もはや一つの単語すら出てこないと思われるときでさえ、ユンソクは引き続き何かを書き上げていった。

表面的には特に何の変化もなかったユンソクと違って、ボラのほうは、あの出来事によって人生がすっかり変わってしまった。その年の大学入試に失敗し、説明するのもややこしいレッテルが常につきまとった。そこから抜け出すためにいろいろな努力を重ねたが疲れ果ててしまい、もう何も書くまいと決心した。この決心が別の方向に旋回するまでは、前述したように十年以上の年月が必要だった。

いずれにせよ、時間の経過とともに、この出来事も世の中の無数の出来事と同じように人々の記憶から薄れ、忘れ去られた。ユンソクはユンソク自身の人生に、ボラはボラ自身の人生に戻っていき、それ以来、二人は公式に会うことはなかった。地位と名声のおかげで、事はユンソク側にだけ有利に運んだと思う人もいたし――実際、この事件に関連して彼が得た実質的な利益は相当なものだった――、ボラが十代の純粋さ――というものがまだあるものと信じている人々にとっては――を利用してあざといことを企んだと言う人もいた。きりのない攻防を一蹴し、話題をスタート地点に戻すのは、結局いつも、人一倍厳格な人たちか、あるいは人一倍寛大な人たちだった。彼らはどちらも正しいとか、どちらも間違っているなどと主張して、二人を非難し、二人に理解を示すふりをした。その点では、最後までどちらか一方に偏ることもなく、問いそのものだけが繰り返されたが、気化してしまったこの出来事の表面的な結論は、ある意味、問いの本質と同一線上にあった。

2．葬儀の経験

後日ボラから、ヒョンジュンの葬儀で初めて会って挨拶したことがあると明かされたとき、ユンソクはもちろん記憶にないと答えた。しかし、制服姿の学生グループのことはかすかに覚えているような気もした。仲間同士でふざけ合ってクスクス笑い、自分たちの恩師の死を軽んじるような態度に、ユンソクはムッとしたが、それは友人であるヒョンジュンの死を冒瀆されたことへの怒りとは言い難かった。その得体の知れない怒りは、ユンソクが世の中に対して抱いていた感情と重なり合っていた。当時の彼は、矛先(ほこさき)のはっきりしない憤(いきど)りと苛立(いらだ)ちに完全に支配されていた。

　葬儀の場は死者の人生を剥(む)き出しにした。病院内の安置所はみすぼらしく、弔問(ちょうもん)客も少なかった。家族と同僚の講師三、四人、それに数名の学生を除けば、あとは参列者のほとんどが大学の同窓だったが、それすら少し前の同期の集まりがなかったら、はたしてこれほど集まったかどうか疑問だった。ユンソクは献花し、ひざまずいて拝礼しながら、ヒョンジュンの冴(さ)えない人生——そう本気で思った——とその人生に突如終止符を打った思いも寄らぬ死に対して短く黙禱(もくとう)した。道を歩いていたヒョンジュンの頭上に、子どもが誤って植木鉢を落とし、その場で即死したという。最期に手に持っていたのは、図書館に返すつもりの返却期限の過ぎた本だった。それは不条理劇のワンシーンを地で行くような、悲しくもどこか滑稽(こっけい)な話だった。

　ユンソクは、同期たちの違和感に満ちた視線にじっと耐えた。固く閉ざされた彼らの口の奥には、先日酒の席で起こった一悶着(ひともんちゃく)への言い分が蠢(うごめ)いているに違いなかった。実際には交わされない会話が聞こえてくるようだった。ユンソクは黙って苦い焼酎(しょうちゅう)をあおり、あの飲み会に出かけていったことを改めて後悔した。やがて名前を思い出せない誰かが彼の隣に座り、声をかけてきた。話したい気分ではなかったが、この状況では沈黙を貫くより何か言ったほうが数倍マシだろうと、形だけの笑顔をなんとか浮かべ、相手の挨拶に応じた。

自分の内面に集中しすぎて他のことが目に入らないユンソクとは違って、ボラは自分を取り囲む多彩な風景のモザイクを丹念に見つめていた。一緒に行った子たちと同様に、ボラにとっても葬儀は初めてだった。ボラはヒョンジュンとの個人的な繋がり——少なくともそういうものがあったと彼女は信じていた——を思って参列したのだが、周りの子たちの、不思議なイベントを体験しているかのような態度にひどく失望した。だが、その子たちも、ボラと同じようにじつは戸惑っていた。青白くやつれた顔の遺族の前では、さも深刻そうな表情を浮かべていたのに、わずか数分後には料理をもっと持ってこいと遠慮なく大声を出し、使い捨ての容器に入ったユッケジャンを音を立てながら口にかき込む、赤ら顔の大人たち。その姿を偽善的に感じたせいで、余計に感情が昂り、マジ？　信じられない、と大騒ぎし、大げさな身振りでふざけ合っていた。

ボラは気持ちを落ち着かせ、ゆっくりと周囲に視線を向けた。老朽化してひびの入った壁、その隙間を見逃さずに生えてきた黒カビ、やんだと思ったらまた断続的に続く慟哭。ヒョンジュンとはまったく関係のない、それぞれの人生についての話。じめじめした空気にまとわりついた、じとっとした酒臭さ。そして、ここにいる人たち全員を、この場に集合させた突然の出来事、すなわち死。

ボラはそっと「死（チュグム）」という言葉を発音した。彼女にとっては到底計り知れない自然の巨大な宿命が、これほど簡略に発せられる単語に織り込まれているということに思い至り、軽く身震いした。そしてその瞬間、ボラは彼を目にしたのだった。

本のカバーで見た顔だった。モノクロ写真の、そっぽを向いている寂しげな顔。当時、彼女は中学生だった。小説を読んでいるあいだずっと感じていた、とてつもない心の震えに、ボラは本のプロフィール部分を開き、小説の主人公と写真の顔とを重ね合わせた。何の変哲もない筋書きを魅力的な物語に仕立てあげる、その手腕に驚いた。本を閉じると、早くこの作家の次の作品が読みたいという思いに駆られた。ところが何年経っても作家の新作を目にする機会は訪れなかった。時折思い出しては、本を開き、カバーのプロフィール写真を覗（のぞ）き込んだりもしていた。その人物が今、彼女の隣で会話している。低くて深みのある声、生まれ持った繊細さをうかがわせる細長い指。ボラは小説家の声にじっと耳を傾けていたが、詳しい内容までは聞いていなかった。突然、サインが欲しいという女子中学生らしい衝動が湧き上がったからだ。彼女はこの記念すべき瞬間を残しておきたいと、カバンの中を見たが、その日に限って問題集しか入っていなかった。問題集にサインをしてもらうのはプライドが許さなかったので、ボラは大急ぎで上の階に行き、病院内の書店をうろうろした。完治の希望をテーマにしたものや、病床でも読める軽い話がほとんどだったが、そのとき見慣れないタイトルの本が目に入った。『文学とは何か』、ジャン＝ポール・サルトル。聞き覚えのある名前だった。憧(あこが)れの作家のサインをもらうのに、そして自分が年齢の割に早熟で知的な文学少女だとアピールするのに、もってこいの本だと思った。

ところがボラは、目的を果たすことがかなわなかった。ボラが葬儀場に戻ってきたとき、小説家は靴を履いて帰り支度をしていた。ボラははにかみながら挨拶したが、やっとのことで漏(も)れ出た声は、周りの騒音に比べてとてつもなく小さかった。小説家はちらっとボラと目を合わせたが、その視線はボラが持っていた本に素早く移動した。だが、うんざりしたようなその眼光に、自分を含めたこの場のあらゆるものを寄せつけない閉鎖的な表情に、ボラの勇気はへし折られた。小説家が立ち去ってしまうと、ボラは彼がさっきまで座っていた、からっぽになった席をじっと見つめた。亡くなったヒョンジュンのことを完全に忘れていた自分は、ユッケジャンを貪(むさぼ)る飢えた表情の大人たちと何一つ変わらないという思いに襲われ、ボラは自身を軽く軽蔑(けいべつ)した。そして野心満々に買った本をゴミ箱に投げ捨てると、会場をあとにした。

3. 泥酔コメディ

ずっと沈黙を守っていたヒョンジュンの目が、突然険(けわ)しくなったことに真っ先に気づいたのは、じつはユンソク自身だった。もしかするとその場に居合わせた全員が同時に感じていたのかもしれなかった。それほど明らかに、ヒョンジュンは全身で反感を露(あら)わにしていた。

久しぶりに会った同期たちは人生に疲れていた。四十代半ばを過ぎたばかりの彼らの関心事と言えば、ほとんどが生活のための人生、つまり、お金、家、車、子ども、株に関する話題の範疇(はんちゅう)を出ず、彼らとは違う世界にいる自分と、彼らの薄っぺらな話をあくまでも観察者として眺めることができる自分の立場に、ユンソクはささやかな自負心を抱いた。じつはその自負心を確認したくて出てきた席でもあった。そのときの彼には、そんなつまらない慰めですら必要だった。だから誰かが、そろそろユンソクの話でも聞こうかと、そのチャンスを与えてくれたとき、うれしくなり喜んで口を開いたのだった。

会話はユンソクの次回作についての質問から始まった。頭の痛い質問だったが、ユンソクは「まもなく」という一言でお茶を濁した。どうごまかしても彼らにはバレない自信があった。少なくとも彼らには。

話題は自然と、大学時代に作家デビューしたユンソクと、当時の文壇での評価へと移っていった。数えきれないほど繰り返されてきた話だが、賛辞に込められた羨望と、謙遜(けんそん)を装った自慢が、毎回睦(むつ)まじく行き交う微笑(ほほえ)ましいテーマだった。話の途中、ユンソクは会話にまったく加わらないヒョンジュンのほうを何度もちらちらと見た。ヒョンジュンは暗く沈んだ表情で、誰かに放っておかれたかのように隅のほうで座っていた。頭上に暗雲でも引き連れていそうな、不穏なその雰囲気がひどくユンソクの気に障(さわ)った。

ユンソクから見れば、ヒョンジュンにはまるで見込みがなかった。可能性という言葉ですらも彼にとっては贅沢(ぜいたく)だった。ヒョンジュンは（それらしき慰めの形容詞はすべて排除して、本質だけ残すとすれば）見込みのないただの年老いた文学青年にすぎなかった。彼の小説を何度か読んでみたが、どれもこれもがっかりさせられるものばかりだった。ヒョンジュンの描くテーマは一貫して「社会の隅に追いやられた小市民の悲哀と、それを助長した非情な社会のシステム」だったが、その掘り下げ方は、緩急もつけずに、見境なく宙に向かってパンチを繰り出しているようなものだった。ねじ曲がってしまった性根(しょうね)をそんなふうにしか表現できない才能の無さや、退屈な恨み節をつまびらかにしただけの彼の文章を、ユンソクは嫌悪していた。

そのせいで、呂律(ろれつ)の回らないヒョンジュンから突然、自分の作品について、それらしき小説を掛け合わせて一つにしただけの、ただの焼き直しに過ぎないとか、ろくでもない才能を信じて調子に乗っているだけで成長もせず、実力はとっくの昔に底を突き、もう何年も書けないでいることなんかみんなお見通しだと言われたとき、ユンソクは必要以上に動揺した。込み上げてくる怒りを隠すために、ユンソクは嘲笑で迎え撃つことを選んだが、とはいえ「見込みもない物書きの端くれ」とか「そんなクズみたいなことは日記にでも書いてろ」といった言葉を何のためらいもなくストレートに口に出したことは、のちのちまで恥じ、後悔するべきことだった。まずいと気づいたときは、すでに撤回できないレベルの言葉をぶちまけたあとだった。そのあとに続いたのはさらに典型的なシーンだった。同期が止めに入る間もなく、ヒョンジュンがぱっと立ち上がってテーブルをひっくり返し、酒瓶がなぎ倒された。店主のおばさんは悲鳴を上げ、予告なしに飛んできたヒョンジュンの拳に、ユンソクは顔を手で覆った。

4．不幸への憧れ

ボラは、自分は作家になるには致命的な欠点があると常々思っていた。それは他人には言いにくい秘密だったが、一言で言えば、彼女は作家になるにはあまりにも「満たされた人生」を送っていた。自分では「満たされた人生」と主張しているけれど、それを「幸福」と言い換えられ、不当な判断をされたとしても、最後まで違うと言い切る自信はなかった。不幸というものが存在するとしたら、それが自分を意図的に避けていっているのは明らかだった。あるいは自分の周りには見えない幕が張りめぐらされていて、不幸が忍び込めないようになっているかのようだった。

　ボラは餃子(マンドゥ)の店を営む両親のもとで何不自由なく育った。店はいつも賑(にぎ)わい、少しずつ支店も増えていった。顔を汗だくにして一心に餃子を作る父や母からは、文学的な感性を感じたことなど一切なかった。家が貧しくなる気配もなかったし、親の病気や、もはや離婚騒動が持ち上がるといった可能性もなさそうだった。ボラは一人娘だった。それゆえに経験することができたはずの幼いころの寂しささえも、忙しい合間をぬって、こまめに愛情と関心を注いでくれた両親と、ボラ自身のひねくれたところのない性格、円満な交友関係によって遠ざけられた。

　こうした他人が羨むような条件は、ボラにとっては落胆の因(もと)でしかなかった。不遇な幼少期を過ごした人々にボラは心底憧れた。もちろん彼女にも他人に言えない悩みや、心の中の小さなもやもやはあって、それが彼女が物を書くようになった理由でもあった。けれど本当の不幸、つまり本人の意思とは関係ない不可抗力の、外からの攻撃を経験した人たちの前では、ボラの悩みは常にとてつもなく子どもじみて見え、単に駄々をこねているレベルの悩みに成り下がった。不幸を通過してきた人々の眼差(まなざ)しは暗く、深かった。彼らの目にはボラが知り得ない人生の秘密が宿っていた。本やテレビで、不遇な幼少期を過ごした芸術家たちの話に触れるたび、ボラは鏡を覗き込んだ。そこには日なただけで育った、陰影も立体感もない、ただ無様（ぶざま）に色白いだけの子どもの顔があった。

やがてボラは、自分が不幸であると確実に言い表せる、理想的な言葉があることを知った。それは「トラウマ」という言葉だった。だがいくら記憶を絞り出してみても、その四文字に該当するようなものを彼女は持っていなかった。コンプレックスがないのがコンプレックスで、トラウマがないのがトラウマだった。十七歳から十八歳になったボラは、年を取ってしまったのだという思い込みから、極度の不安を覚え、笑い転げたかと思うと突然、憂鬱（ゆううつ）になることがあった。その後の人生の財産となってくれる十代の苦しみを経験することなく、このまま大人になってしまうことを思うと、焦りを感じ、悲痛な心持ちで日々を過ごしていた。

軽快なタッチで十代の背伸びしたラブストーリーを描いたボラのウェブ小説は、かなりの人気を集めていた。けれども本人にはどの作品もまったく誇らしく思えなかったので、ペンネームで執筆し、熱狂する若い読者たちを心の中で冷たくあしらっていた。だから、彼女が物を書いていることは数人の友人しか知らなかった。負い目を感じずに済む、知的な虚栄心を満たすようなものを書こうとしなかったわけではない。ただそうした試みは、何かの真似（まね）をしていると思い知らされるだけで、そう感じる原因は自分の平坦（へいたん）な人生、つまり不幸の不在にあると思っていた。

にもかかわらず、ボラは書くことをやめられなかった。書くのが好きだからではなかった。ただ「物を書くことをやめられない」性質（たち）だったからだ。その苦しみを支えたのも、じつは続きを心待ちにする読者の興奮に満ちた反応だった。そのため仕方なくボラは、あまり書きたくもない物語をどんどん書き、それによって得た、後ろめたいような人気をこっそりと味わった。

ある春の日の夜、ボラは両親の店に来ていた。営業時間は終了し、両親はラジオをつけっぱなしにしてタマネギの皮をむいているところだった。外は雨だった。座ってスマホを見ていたボラは、たまたまある記事を目にした。死後ずいぶん経つと思われる遺体が山中で発見されたという古いニュースだった。見つかった全裸の四十代の男には頭部がなかった。体には外傷の跡もなく、冬のあいだずっと地中に埋まっていたのが、季節が変わり、春の雨で土が払われて姿を現したということだった。警察が男の身元を明らかにし、犯人を割り出すために近隣の住民を対象に捜査を始めた、という情報で記事は終わっていた。

ボラはニュースや記事にそれほど関心があるほうではなかったが、なぜかこの事件は彼女の心の片隅に残った。それから数カ月間、ふと思い出すたび、この事件に関する記事を探したが、これ以上の新しい情報は出てこなかった。本当に実際あったことなのかと疑わしくなるほど、その記事は停止ボタンを押されたように、同じ位置に留(とど)まり続けていた。

その男は誰だったのか、殺したのは誰で、なぜ全裸で冬のあいだずっと木の根元に埋まっていなくてはならなかったのか、ボラは知りたかった。しかし教えてくれる人など誰もいなかったので、ボラは退屈するたび、恐る恐る想像の翼を広げはじめた。もちろん、その遊びが何を目的としていて、どこに自分を連れて行ってくれるのかは、まったくわかっていなかった。

5. 魔法の始まりと終わり

ユンソクが書けなくなったのは、(悪い意味で)魔法のようでもあり、ある日、突然起こったという点では、文字通り魔法だった。朝起きたら顔の片側が麻痺(まひ)していたとか、思いがけず交通事故に遭ったかのように、それは兆(きざ)しや前触れといった予告なしに、まるで神から与えられたように、ユンソクに降りかかった。

ユンソクは何度も前後の状況を振り返ってみたが、いくら考えてもきっかけになりそうな出来事や感情は思い当たらなかった。相変わらず、時折恋愛を楽しみながら独身生活を謳歌(おうか)していたし、すっきりと洗練された広い仕事場を新しく構えたばかりだった。手元にはかつてなくたくさんのお金があった。プロットや計画も立てずにもっぱら自動記述に頼って書きなぐった小説は、それなりにかなりの冒険だったが、まったく意図していなかった行間の意味や美学的な試み――じつはそんなものはなかった――が注目されて賞を取り、忠誠心の高い愛読者たちのおかげで、いつものように、自らの名声を十分に再認識することができた。

ある日の晩、ユンソクは数人の知人と一杯ひっかけた帰りに、屋台に寄ってうどんを食べた。つゆがひどく濃かったうえに、麺もすっかり伸びていた。こんなので商売ができるのかと店の女主人に冗談交じりに文句を言い、その言葉に女店主の唇がさっと歪んだのをユンソクは見逃さなかった。すっかり温まった腹をさすりながら帰宅し、気分よく眠りについた。そして、まさにその翌日から、何も書けない人間になってしまった。

ユンソクは毎日のように厳しい闘いを強いられていたが、その相手は白い画面上でチカチカと点滅するカーソルだった。カーソルは無表情のまま、いつも彼を急き立てた。何を書いても、決して満足いくものにはならなかった。それで毎回苦労して書き上げた、数えるほどしかない原稿を丸ごと削除しなくてはならなかった。怒りが込み上げ、画面を罵倒の言葉で埋めつくすこともしょっちゅうだった。それでも、その細くて小さな黒い棒は、どんなに毒づいても動じなかった。勢いづいたユンソクが、ぶん殴るように放った罵詈雑言(ばりぞうごん)の、まさにその一歩手前で、どうだ、もっとかかってこいよと腕組みしたまま、小馬鹿にするようにその棒は立っていた。ユンソクの心臓が耐えられないほど鼓動を速めるときも、カーソルはメトロノームのごとく一定のペースで点滅した。そのリズム、その落ち着き、絶え間なさ、超然さ。ユンソクはカーソルに決して追いつくことができなかった。それはユンソクよりも絶対的に勝(まさ)っていた。

　この馬鹿馬鹿しい闘いで、ユンソクは自分なりにもがいていた。医師の処方もアドバイスも役には立たなかった。屋台の女主人が自分に恨みを抱いて呪(のろ)いをかけたんじゃないか、あのうどんの中に何か入っていたんじゃないか、としばしば想像を巡らせ、いやいやと頭(かぶり)を振りながら、両手で額(ひたい)を押さえることもあった。紙に書いてみたり、思い浮かんだ文章をスマホに録音してみたりもした。休筆を宣言し、まったく読んだり書いたりしなかった時期もある。それでもカーソルは、ユンソクがすべてを置いて旅立った、異国の漆黒(しっこく)の闇の中でも明るく輝いた。それはじつは、彼の頭の中にあるものだった。

　ユンソクは自分の苦悩を周囲には明かさなかった。約束をキャンセルしたり、予定されていたものを個人的な事情で書けないと伝えたりしても、周りは黙って彼を理解し、待ち続けてくれた。しかし、長い時間をかけて積み上げてきた信頼と期待は、手のひらからこぼれ落ちる砂のように静かに消えていき、しまいには誰もが彼の置かれた苦しい状況に気づいてしまった。

ある日の午後、ユンソクは久しぶりに大型書店に立ち寄った。反射的に何かを先送りするように別のコーナーを長々とぶらつき、巡り巡って文学のコーナーに辿り着いた。色とりどりのカバーが美しい顔をこちらに向けて並んでいる売場では、ぱっと思い浮かぶ若手作家たちの新刊が売り上げ上位を占めていた。ユンソクは何食わぬ顔で、目的もなく自分の本を探した。結局、彼は（本人であることがばれやしないかと心配しながら）店員に恐る恐る本のタイトル——自作の中で一番気に入っている作品だった——を伝えた。店員はキーボードを叩くと、こちらにどうぞと言い、足早に前を歩きはじめた。そして、迷路のような空間をあちこち通り抜け、どこかからユンソクの本を手際よく探し出してくると、彼に手渡し消えてしまった。彼と、彼の本が置き去りにされたその場所は、店の外の通路に並べられた七十パーセントオフのコーナーだった。ユンソクはその場でぼんやり立ち尽くすと、ついさっき届いたメッセージを確認した。その日の夕方、同期の集まりがあるという連絡だった。

飲み会のあと、ユンソクは二度とヒョンジュンに会うことはないだろうと思っていた。だから、わずか一週間後にヒョンジュンから電話がかかってきたときは、少なからず狼狽えずにはいられなかった。何度かかってきても電話を取らなかったが、ヒョンジュンは諦めず、挙句の果てにユンソクの家の前で待ち伏せしていて、結局、鉢合わせしてしまった。

その日の記憶は、どう思い返しても幻のように思えてくる。ヒョンジュンの登場と彼が残したセリフの数々は、まるで急場しのぎの場面転換にねじ込んだインサートカットのように不自然だった。あからさまに不快感を露わにしたユンソクに、ヒョンジュンは、じつはユンソクをものすごく尊敬してきたのだと伝え——ヒョンジュンは実際に「尊敬」という単語を使った——その尊敬の念がアルコールの罠にひっかかり、妬みに化けてしまった経緯を自己卑下の形を借りて長々とまくしたてた。それはくどくて、昔とまったく変わっておらず、痛々しく思えるほどだった。さっさとその場から立ち去りたかったユンソクは、わかったというように何度もうなずいたが、そのあとに続いた話はさらに予想外だった。ヒョンジュンは、これが「最後」という覚悟で小説を書いたが、その小説に「可能性」があるかどうかをどうしてもユンソクに訊きたいのだと力説した。ユンソクが再び上の空でうなずくと、ようやくヒョンジュンはすっきりしたような足取りで帰っていった。そしてヒョンジュンのうしろ姿が視界から消えた瞬間、直前の奇妙な再会は、ユンソクの頭の中から完全にかき消された。

ヒョンジュンの訃報に接したとき、ユンソクはその日の再会を物悲しい気持ちで思い起こしたが、そのときですら、ヒョンジュンが投げかけた重要なキーワード――「最後」と「可能性」という単語に含まれた伏線、つまり彼が新しく書き上げた小説をメールで送ると言っていた話を思い出すことはなかった。それが無意識の水面上に掬い上げられるには、特別なきっかけが必要だった。

葬儀場から出るとき、ユンソクは一人の少女がどこか傷ついたような表情で立っているのを見た。少女はまるで遺影を抱いているようなポーズで本を抱えていた。ユンソクの視線はまっすぐ本に向いたが、そのタイトルを見た瞬間、忘れていた昔の記憶の数々が、封印から解かれたようによみがえった。

ユンソクは少女が持っていた重厚なタイトルの本を読んだことがあった。ずっと昔、何もかもが対等だったとき。一時期ではあれ、同期全員が友人であり、仲間でもあったとき。共にその本を読み、その問いが求める答えについて、この世の終わりでもあるかのように、夜を徹して青臭い激論を交わし合った。結論のない話の末に、とうとうみんな黙りこくり、夜から夜明けへ、さらに朝へと変わっていく風景を、その形容しがたい時間を無言で共有した。そのとき見た清らかな表情はヒョンジュンのものだったのか、それとも別の誰かのものだったのかは、はっきり覚えていなかった。

だが永遠の問いとして存在する、その本のタイトルを見た瞬間、ユンソクはようやく、ヒョンジュンがかつて自分の友人であったこと、夢に近づくことすらできないまま、あっけなく死を迎えてしまったことに、気づかされた。

その夜、ユンソクはメールを開き、永遠に世間に公開されることのない、死んだ友人の最後の小説を読んだ。出だしは毎度のことながらがっかりさせられた。頭部のない死体の両手足が山中のあちこちで発見されるという、猟奇的な事件を描いている点には、まるで期待が持てなかった。ところがどういうわけか、ユンソクはその小説を一気に読み通してしまった。最後のページに達したとき、窓からはうっすらと朝日が差し込んでいた。ユンソクは窓を開け、タバコを吸ってから眠りについた。

目を覚ましたユンソクは近所の食堂に出かけ、食事をして、近所をぐるりと散歩してから家に戻った。夜になると、昨晩読んだ小説をプリントアウトして、もう一度読み直した。今度は注意しながら行間を読み込み、一つ一つの言葉をじっくりと吟味した。話はよくできていたが、全体的に描き方がかなり雑だと感じた。誤用された表現やそぐわない文章がところどころにあって、石につまずくようにそれらの箇所にひどくひっかかった。その石を取り除き、道を新たに舗装し直さなければならなかった。この話に隠れている奇妙な美しさを掘り起こさなくてはならなかった。特に結末は絶対に手を入れる必要があった。ヒョンジュンは、展開させたストーリーを希望でも絶望でもない場所に放置したまま、この物語を終わらせていた。ユンソクの見立てでは、これは悲劇か死でもって結末を迎えるのがふさわしい話だった。一言で言うと、この話にはもう少しすてきな服を着せるだけの価値があった。

　ユンソクは突然襲い掛かってきた妙な興奮状態を鎮めようと、何度か深呼吸した。だが案の定たいして効果はなく、そのまま放(ほう)っておくことにした。ヒョンジュンの出棺をいま一度知らせる連絡がきて、我々の友人を永遠に送り出したというメッセージも続けて届いたが、特に何の感情も覚えなかった。ユンソクは整理のつかない気持ちを振り払おうともせず、自然の流れに任せておき、外部からの連絡にも一切応じなかった。

　一週間ほど過ぎたある日の朝、ユンソクは目を覚ました。朝、目を覚ますのはいつぶりなのかわからなかった。夢も見ずに熟睡したおかげか、体はいつもよりすっきりとして軽かった。コーヒーを飲むことも忘れ、まるでこれまでそうしなかった日がなかったかのように、顔色一つ変えずノートパソコンの前に座った。そして白い画面を開いて指をぐっと伸ばし、テストのつもりで何文字か打ち込んだ。次の瞬間、彼はうんざりするほど苦しめられたあの呪縛(じゅばく)から解かれたことを、最後の最後に自分がこの孤独なゲームの勝者になったことを悟った。すべての魔法が解け、本来の姿に戻った。彼が向き合っているのは、自分を脅(おびや)かし、嘲(あざけ)り、脅迫する内なる声ではなく、ただのカーソルにすぎなかった。ユンソクはその事実に驚いたり感動したりすることもなかった。カーソルの存在は消えた。画面上にはただ、ユンソクの指先から生まれる文字が疾走しているだけだった。

それはある意味、新しい魔法でもあった。

6. 箴言(しんげん)と死

ヒョンジュンの授業は退屈だった。一言で言って、彼には授業への熱意がなかった。今どきこんなふうに教える先生がいるのかと思うほど、彼の授業は問題と解答をただ機械的に教えるというところから大きく外れず、そのせいで人気がなかった。塾側からクビにされないのが不思議なくらいだった。

ある日の授業中――その日もヒョンジュンは問題と解答をただひたすら読み上げていた――ある生徒の独り言が全員の耳に入った。その子の口から出たのは「これって授業?」だった。突然訪れた沈黙にヒョンジュンがパタン、と本を閉じた。そして「これは授業ではない」という言葉で切り出した。

そこから語りはじめた彼の演説は後々まで話題になった。その日の発言は、これまでのヒョンジュンの授業を全部ひっくるめた中で最も印象的だったが、要約すると、自分だってこんな授業はしたくないが、理想の教育と現行の教育システムの隔たりに恥じることなくどうにか生きていくためには仕方がない、それは君たちも同じだろうし、どうせシステムを変えることができないなら、むしろ犬のようにひれ伏して、できる限り卑屈に服従するのが現実を嘲笑う一番賢い方法だ、というものだった。単純な話だった。ところがヒョンジュンは、食い扶持を稼ぐために機械的な授業を行う教育者としての悲哀や、顧客であり犠牲者でもある子どもたちについて、さらには、そんな構造を量産し再生産する現実について、起承転結を用い、リズムと強弱をつけながら、吠え叫ぶように批判をぶちまけた。生徒たちは叱られてうなだれているような姿勢で席に着いていたが、耳はぴんとそばだて、いつになく彼に対して心を開いていた。ようやく話し終えたヒョンジュンはしばし呼吸を整えると、しれっとした様子で、再び問題と解答を読みはじめた。何事もなかったかのような首尾一貫した授業。そこに挟まれた突然の幕間劇によって、その日以降、ヒョンジュンには少数のファンが生まれ、そのうちの何人かが、彼の葬儀に参列した。

　世間体に囚われないヒョンジュンのおざなりな態度は、ボラの興味を刺激した。そして、ファンの教え子たちが興味本位で突き止めた、ヒョンジュンの個人情報の中でも特に気になったのは、彼が小説を書いているということだった。噂によれば、ヒョンジュンはすでに小説家としてデビューしているが、彼の作品が見つからないのはペンネームを使っているからで、カフェで執筆している姿を見かけたという生徒も何人かいた。ボラはこの変わり者の先生の名前をネットで検索してみた。噂どおり、彼の小説についての情報は見当たらなかった。それでもともかく、ヒョンジュンはボラが知る唯一の「物を書いている大人」だったので、しばらくして、ボラはわざとみんなが帰っていくのを待ってから、職員室に彼を訪ねていった。彼女は自分も小説を書いているのだと打ち明け、微かに目を見開いたヒョンジュンに、自分の書いたものを読んでもらえないかと尋ねた。あまり気の進まなそうな様子でうなずいたヒョンジュンに、ボラは自分のウェブサイトのURLとメールアドレスを手渡すと、逃げるように職員室を後にした。

ボラがヒョンジュンからもらった最初の返事は、たった一行だった。

これは小説ではない。

徐々に知るようになったことだが、ヒョンジュンは「これは～ではない」という言い回しをよく使っていて、その背景にはボラが理解できない西洋の哲学者の名前と不思議な絵の存在があった（シュルレアリスムの画家ルネ・マグリットの絵画〈イメージの裏切り〉と、その絵を主題的に論じた『これはパイプではない』の著者で哲学者のミシェル・フーコーを指す。パイプが描かれたその絵の下には

「これはパイプではない」と書き込まれている）。

ヒョンジュンの単純明快でストレートな評価はボラを戸惑わせたが、ある意味ではボラが最も聞きたかった言葉でもあった。その後、ボラはヒョンジュンに、自分がもがいていることや書いているものについて、少しずつ打ち明けはじめた。生きることや書くということの悩みについて、できるだけ野暮ったい表現にならないよう慎重を期したので、ヒョンジュンへのメールはいつも書くのに時間がかかった。

それとは逆に、ヒョンジュンの返信はいつも短くインパクトがあったが、これは悩みではない、人生はわからないものである、人物の中に入り込め、文章にはテーマがなくてはならない、内なる声に耳を傾けろ、すべての答えはすでに自分の中にある、などといった、正直なところ、誰が言おうとそれなりに聞こえるものばかりだった。だがボラは、ヒョンジュンが投げて寄こす何の解説もないそれらの教えについて、自分の内にも外にもその意味を深く執拗（しつよう）に探ろうとしたので、結果的に多くの学びを得ることになった。もちろんこれはヒョンジュンがすばらしい教師だからではなく、ボラが熱心な生徒だったからだ。ともあれ、自分の中でこの学びが積み重なるほど、内面に散らばっていた何かが次第にまとまりを成して、確かなものになっていくという手応えがあった。自分がこれまで一度もできなかったことが、もうじきできるようになるだろうという予感が、次第にくっきりとしていった。

ボラはこの予感を無視することなく、頭の中で彷徨(さまよ)っていた物語を発展させ、暇を見つけてはそれを文章にした。まず彼女は、顔がなかった男をよみがえらせ、頭部を胴体に縫合したあと服を着せた。男の死から人生を遡(さかのぼ)って想像し、再び誕生から死までを追った。その後、男が人生で出会った人々との記憶、交わした会話やそこに湧き上がった感情を想像した。それから、やっとのことで掬い上げたその男を残忍なまでの方法で、頭部だけでなく、手足すべてをバラバラにしたあと、山や川にそれぞれ別々にばらまいた。これまでとは違う書き方を試(こころ)みたので、遅々として進まず苦しい作業だった。それでもなんとか話はフィナーレへと向かっていたが、どうしても決めかねていた部分に悩まされた。

　つまり、どういうラストにすればいいのかが、まったくわからなかったのだ。どこでピリオドを打つべきなのか、この話の最後はどこなのか、頭の中を整理しようとすればするほど、こんがらがった。いくつか結末を思いついたが、納得できるものがなかった。悩み抜いた末に、結局、自分はなぜこの話を書こうとしているのかさえわからずにいる、という結論に到達した。それに気づいた瞬間、ひやりとした空気に包まれ、ボラはすうっと冷たい息を吸った。その呼吸を最後に、二度と息ができないような気がした。恐怖。完全なる壁。下へと引きずり下ろそうとする手ごわい重力。この呼吸すらできない最中(さなか)にも、白々としたボラの口元にはゆっくりと笑みが広がった。

この未知の恐怖が、うれしかった。

これまで思い悩み、考え抜いた末に辿り着いた新しい結果をサプライズで公開して、自分の文学的師匠――と彼女はそのとき思っていた――に褒められたかったために、ボラはヒョンジュンには新しい小説を書いているということを伏せていた。でも今、何かが変わった。新しい種類の魅力的な恐怖を経験したまさにその夜、ボラはヒョンジュンに宛てて、ラストシーンだけ書かれていない、その未完の物語と一緒に、自分が直面している壁についての告白をメールで送った。

長い間、返事がなかった。ボラは自分が無理なお願いをしたのではないかと後悔しはじめた。しかしよくあるように、完全に期待を手放した途端、返事が届いた。ボラはドキドキしながらパソコンの画面を前にして座った。この瞬間は凡庸なものであってはならなかった。彼女は胸いっぱいに息を吸い込んだ。小さいけれど強い確信が広がっていった。賞賛と驚嘆。メールにはそんな内容が記されているだろう。だとしたら、どんな反応をすべきだろう。ゆっくりと息を吐き、ついにこの若い作家は、初めての読者のコメントを開いた。

お粗末でつまらない。受験に専念したほうがいい。

それだけしか書かれていなかった。

ボラはその残忍なたった二文の批評を何度も読んだ。いくら目をこすっても、それ以外の隠された意味などそこにはなかった。ボラはこれまで感じたことのない羞恥心に唇をぐっと噛み、少しだけ泣いた。その日以降、塾には行かなくなった。それ以上、ヒョンジュンにメールを送るのをやめたのは言うまでもない。ボラは、一生懸命書いてきたその小説のことはきれいさっぱり忘れようと心に決め、短いブランクのあと、憂さ晴らしするかのように、今までにない軽いタッチのウェブ小説の連載に専念した。

ヒョンジュンの死は、ボラにとって大きな出来事だった。自身を取り囲む「平穏」という殻がヒョンジュンの「死」というハンマーで叩き壊された。ヒョンジュンの葬儀に参列したあとも、ボラはしばらくのあいだ、彼がもはやこの世に（生きた肉体で）存在しないということが信じられなかった。ボラはヒョンジュンがこれまで送ってきた短い箴言を日々回想しながら、今頃は土の中で腐敗していっている彼の体を想像した——彼女はヒョンジュンが火葬されたことを知らなかった——そして、死因を突き止めるために、表情のない人々に剖検されたかもしれない、あの名も知らない男を再び思い浮かべた。

人生はおかしな方向に動き出していた。世間では、とんでもない、ありえないような死が日常的になり、それは身近なところでも毎日のように起きていた。

ボラは胸を張れずにいた自分のウェブ小説が人気を集める理由が、今ならわかるような気がした。同時に霧の中に隠れていた小説の結末も、徐々に輪郭を見せはじめた。結局、自分が物を書こうとしている理由は人生そのものにあったのだ。死など関係ないかのように続いていくしかない人生。闇を切り離す光。不幸をエネルギーにすることなく、そんな話を作り出す力がボラにはあった。彼女はもはや、自分にないものに憧れる必要がなくなった。

ところが皮肉なことに、ほどなくボラは、あれほど求めていたのに今はもう必要としないもの——キャンセルしたあとに届いた宅配便のような贈り物を、突然、受け取った。

7. 同じか、あるいは違うもの

自分のホームページに、主にハイティーン向けの軽い恋愛小説を掲載していた女子高生が、ある日、新しい小説を投稿した。連載形式で少しずつ載せていた前作とは違って、新しい小説はすでに完結した状態で、分量もかなりあった。バラバラ死体で発見された男を主人公にした物語は、少々陰気でシリアスな雰囲気を漂わせていた。この若い作家の愉快ではちゃめちゃな話を読み慣れていた多くのファンは、意外だという反応を見せつつも新しい物語に熱狂し、瞬く間に口コミが拡散していった。

　女子高生の小説が公開される少し前、ある中堅作家の新作が発売された。小説をある程度読んできた人なら名前を聞いたことがある作家で、数年間の沈黙を破って発表された作品ということで話題を集めた。裏表紙には作家の師匠である文学界の重鎮から推薦の言葉が寄せられ、「個人の問題を超え、社会の病巣に直接切り込む作家の新たなる変身」という部分が大きく記されていた。

　物語は、頭部のない死体の腕と脚がそれぞれ山中の別の場所から発見されたという話で始まり、生前、彼はどんな人間だったのか、どのようにして死に至ったのかを遡って掘り返していく構成だった。まさにこの題材と構成が、女子高生の書いた物語とぴたりと一致した。共通点はそれだけではなかった。主人公の男の職業――彼は郵便配達員だった――も同じだったし、彼にはいくつも名前があって、他人になりすまして生きてきたという設定も同じだった。彼が生前出会った人々の年齢や職業は、二つの小説でほぼ一致し、登場人物のセリフや文章の表現にも同一の箇所が、何カ所もあることがわかった。

大きく違う点を挙げるとしたら結末だ。中堅作家の作品では、主人公はもちろんのこと、彼が出会ったすべての人が、すでに死んでいることが明らかにされる。一方、女子高生は正反対の結論を持ってきていた。主人公が残した品が、彼の出会ったすべての人たちから見つかって、男は生きていると信じられているというものだった。

この出来事の具体的な経過については、詳しく述べる必要はなさそうだ。誰もが想像できる範囲と規模の攻防と舌戦、騒動が起こったとだけ、要約しておく。

山や川で、死体となって発見される人の報道は、一定の間隔を置きながらも途絶えることはない。身元が判明する人もいれば、死体が毀損し最後まで身元が確認できない人もいた。事件の経緯が明らかになるケースもあったが、永久に迷宮入りする事件も多数あった。こうした類の事件が報じられるたび、人々は驚愕したが、死者がどんな人生を生きたのかについて思いを馳せる人はごく一部だった。驚くことではあるが、常に起きていることでもあった。人々はいつも忘れ去ってしまい、何度でも、初めてのことであるかのように驚愕した。だから、これは新しくも古い話だった。つまり彼らの物語も、すべて同じか、あるいは、すべて違っていた。

開いていない本屋

大都会の小さな街の、街外れの一角に開いていない本屋があった。本を売り、飲み物と簡単な食事も出している店だった。もちろん、開いていない本屋というのは、店主が店を開ける前までのことを言う。開いていない本屋の店内には、開店前の準備をしている店主がいた。店主は、店が開いたあとの本屋も好きだったが、開いていない本屋も好きだった。本当のことを言えば、一人でいる時間のほうが好きだなと思うことも、ときどきあった。

ある日、開いていない本屋の店内に誰かが入ってきた。ドアはぱっと開いたが、足どりはためらっているように見えた。店主はドアの鍵をかけておかなかったことを後悔している様子で言った。

——まだ店は開いていないのですが。

客は躊躇(ちゅうちょ)しつつも、その場から動かなかった。

——ドアが開いていましたよ。

――ドアは開いていますが、店はまだ開けていないんです。

店主は頑なに繰り返した。コーヒーを淹れているところだったので、まだ客の顔を見ていなかった。

――ちょっとだけ、ちょっとだけでかまいません。

数秒間、二人の目が合った。店主は視線を避けようとして慌てて外を見た。雨が降っている。

――わかりました、どうぞ。

店主は少しだけ落胆したような声で言った。

客は、雨に濡れた傘を入口に立てかけ、ゆっくりと本棚のあいだをうろうろしはじめた。慎重に一歩進むごとに、水気を帯びた足跡がついた。客は不用意に本を選んだりはしなかった。もしかしたら何か言いたかったのかもしれない。店主もやはり拭き終えたカップを布巾でなでながら、沈黙が破られるのを待っていた。

まもなく客が本を選び出し、店主のもとにやってきた。財布を開いた瞬間、店主が言った。慌てたかのような口ぶりで。

――お支払いいただく必要はありません。

客が顔を上げると、店主は視線を逸らした。

——まだ、開いていない時間ですし。

——でも。

客は躍起になったが、そこまでしか言わなかった。そして、気持ちを切り替えたように言った。

——でしたら、飲み物を注文します。それはお支払いしてもいいですよね。

客はよく飲んでいた温かいお茶を注文した。店主が用意するあいだ、客は窓に面したテーブル席に着いた。本を開き、文字を追う客のうしろで、茶葉の香りが広がりはじめた。かぐわしい、嗅ぎ慣れた香りだった。

——ずいぶんと降っていますね。

店主がお茶を運んでくると、客が言った。たしかに雨脚が強くなっていた。街の風景は霞んで見えず、店と道路を隔てる窓が秘密の鏡のように二人の姿を映していた。誰もいない、がらんとした通り。二人ともそのことを知っていた。夜明けから朝になっていく静かな時間だった。

——ええ、降っていますね。

店主の声が響いた。あるいは、震えた。

——本当にそっくりですね。夜明けが朝に染まっていく様子と、夕暮れが夜に溶け込んでいく様子は。

二人のうちのどちらかが言った。

――そうですね。一方は明るくなっていき、一方は暗くなっていくだけで。

二人のうちのもう一人が言った。


店主はそろそろと小さな歩幅で歩いた。そのままキッチンに戻るかわりに、客の足跡に沿って本棚のあいだをうろうろした。小さな本棚だったが、身を潜めて誰かをずっと見ていられるくらいのスペースは十分にあった。足跡はある地点で乾いていて、そこからはもう見当たらなかった。しばらくそこに留まっていた店主が、森の中から出てくるように、本棚のあいだから姿を現した。そして、さっきからなかなか言い出せなかったことを口にした。

――もしよろしければ。

客が半分ほど顔を向けた。

――お食事をご用意してもいいでしょうか。

客は軽くうなずいた。そして本のほうに視線を戻した。ページは左から右へとめくられていく。客は目で文字を追っていたが、内容は頭に入っていないのかもしれない。

卵がジュウジュウと音を立て、ベーコンが縮む。すっかり茹だったトマトがお湯にぽかりと浮かぶ。何種類もの野菜が水分を含んで膨らんでいる。

客は何も聞こえていないかのように本に視線を落としていた。時折、自分の頑なさに耐えられなくなるのか、窓の外に目をやることもあった。とはいえ、外が見渡せない不思議な窓で、見えるものといったら、客自身とこの空間の主だけだった。本のページは、いつしかめくられなくなっていた。

ようやく店主が料理を運んできた。皿がカタンと音を立ててテーブルに置かれ、銀食器のぶつかり合う音がした。

そうして早めの朝食が提供された。シンプルだけれども完璧な食事。

——本来なら。

店主はトレイを手にしたまま言った。

——店は開いていない時間です、そして。

客は本を閉じた。指先でとがった本の角に触れながら、次の言葉を待った。

——私にとっては、とても大切な時間なんです。

——知っています。

客が答える。

——いつもそうおっしゃっていましたから。

客がティーカップを持つと、白い湯気で一瞬、顔が覆われた。客は何かを言おうとして口を開いた。だが店主のほうが一歩早かった。

——冷める前に。

相手の言葉を遮るための言葉というのが時にはある。

——早めにお召し上がりください。

今、店主はそう言った。客はうなずき、その言葉に従った。シンプルな材料で作られた料理をいつまでも噛みしめ、ゆっくりと香りを味わった。そして結局、

——同じ味ですね。

と言ってしまった。そのあとに続く沈黙を覚悟しての言葉だった。

かろうじて返ってきた店主の答えは、苛立ちを含んでもいるようだった。

——変わりました。少しは。

——ずいぶん時間が経ちましたから。

激しい雨が降り続いた。店主と客はそれぞれの空間にいる。雨のピークが過ぎるまで。濡れた足跡が乾ききるまで。夜明けが朝に変わるまで。一言も話さずに。

すると、起こりそうもないことが起きた。あるいは、いつも起こることがまた起き

た。

徐々に世界が姿を変える。激しかった雨はおとなしい小雨(こさめ)になり、小さくなった雨粒が、わずかに明るくなった世界を根気よく濡らしていった。

猫が一匹通り過ぎ、一人がそのあとを追った。犬が二匹通り過ぎ、三人がそのあとについて行った。四人が横切り、五人があとに続いた。

そうして朝になってしまった。

店主が時計を見た。

――朝ですね。

――そうですね。

行き交った言葉はそれだけだった。けれど慌ただしさを増した風景の分だけ、二人の気持ちもそわそわしだした。急(せ)かされるように、なんとなく、そしてもどかしそうに、二人は何かを待っていた。互いの口から出てくる言葉を、じっと長く見つめる表情を、期待したり、恐れたりした。だが、何も起こらなかった。あったのは、ただ待ちあぐねることだけだった。

とうとう臨界点に達したかのように、時計がきっかり、ある時刻を指した。店主が重い口を開いた。

――店を開ける時間になりました。

客はうなずいた。これ以上、居続けるわけにもいかなかった。先程までとは顔つきの違う店主がつかつかと歩き、店のドアをぱっと開けた。冒険と挑戦が入り交じった仕草だった。

途端に、ドアの前に潜んでいた馴染みのない空気がなだれ込み、店内の空気をさっと奪っていった。パンとトマトの香り、ベーコンと卵の匂い、本の香り、二人の体臭と温度、漂っていた言葉と沈黙さえも、すべて。

消えた。

――つまり。

店主が低くささやいた。それに続く言葉は口に出さなかった。出てこなかったというほうが正しかった。ただ、たった今ドアを開けたという行為が自分へのどんなメッセージだったのか、ふと腑に落ちたような気がした。

客はうなずき、ゆっくりと立ち上がった。一定のスピードで前に向かって歩きはじめる。速いのか遅いのか、よくわからないスピードで。一歩ずつ、一歩ずつ。永遠にそのまま歩んでいそうな客が、開いたドアの外に、ある瞬間、出て行く。一瞬のあいだの、また来ますという目配せも、またどうぞという挨拶も、交わされぬままに。

残された店主は、客がそのままにしていった食器を片づけはじめる。完璧だった食事を済ませた場所には、誰かのいた跡が残された。次の客を迎えるために、店主は食器を洗った。それから客が座っていた場所に腰かけてみる。客が開いていた本をめくると、はらはら、弱く速い風が立つ。風は小さな紙片が挟まれたページの上で止まる。

店主は紙片を手にして、そっと広げる。紙に書かれた一言二言の文字に眩暈を覚える。決して多くはない文字の、その筆跡を店主は知っている。いつものように文字の間隔が狭い、客の筆跡。店主の表情が変わる。わからない程度に、気づかれない程度に、ばれない程度に、ごくわずか、彼の肩が震える。

だが、永遠にではない。

しばらくその場に立っていた店主は、力の抜けた体をしゃきっとさせると、再び掃除を始める。

店主は窓を拭き、本をきちんと整える。そのうち、忙しげに動いていた手つきが緩慢になる。本棚に空いたスペースを見つけたからだ。客の手がかすめていった場所に残された、ちょうど本一冊分の空間。店主はしばらく迷ったのち、その空間を余白として残すことにする。そして、片づけは終了、と結論づける。

店主は、ウェルカムメッセージが書かれた黒いボードを外に立てる。チョークで今日のおすすめ本を書き込み、念入りに選んだ曲をかける。最後に「open」というプレートをよく見えるようにぶらさげると、店主からは「close」という文字が見えた。外からは開いていて、中からは閉まっている。だから、閉まっているけれども、開いている本屋。

開いていなかった本屋が開店した。今日も店主は未知の客を迎え、礼儀正しい笑顔を届け、挨拶の言葉をかけて、お茶と食事を提供するだろう。でも、まだ少し、ほんの少しだけ時間が残っている。店主がネイビーの電気ケトルに水を注ぐ。自分のためだけにお茶を淹れようとして。お湯がぐらぐらいうのを待ちながら、本棚に戻って一冊の本を抜き取る。やはりこれも、自分のためだけの本。

これからは規則正しくて安全な、時間通りの人生が訪れるだろう。店主はその時間を必ず守るだろう。そうすることで、店を毎日同じ時間に開けることができるだろうから。そうすることで、開いていない本屋の秘密めいた時間を一人、楽しむことができるだろうから。だから、何があってもその時間を守るだろう。

道を歩いていた客は、ゆっくりとスピードを落とす。落としたのではなく、落ちたのだ。彷徨(さまよ)っていた足の動きが遅くなり、止まる。止まったのではなく、止められたのだ。ぼんやりと立って、うしろを振り返る。振り返ったのではなく、振り返らせられたのだ。

角を曲がった突き当たりに、ドアがきっちりと閉められた本屋が見える。閉まってはいるが、じつは開いている本屋だ。もちろん客は、もうその中には入れないことを知っている。その客は、もう客ではない。もはやその空間にはいないから。

いっとき客だったその人は、今はただの誰かにすぎない。

そしてその人は。

自分自身へと戻ることにする。もう一度そう決心し、誓う。いつかのように、今もまた。

止まっていた足が、再び動きはじめる。

美しい音楽がドアの隙間(すきま)から漏(も)れてくる。通りの喧騒(けんそう)が音楽を少し呑(の)み込む。それでもかまわず音楽は流れる。そこに、さっきまで客だった一人と、さっきまで店主ではなかった、もう一人のハミングが交じっているということは、誰も知らないでいる。

作者の言葉

初めての短編集が出ることになった。長い間にわたって発表してきた作品を読み返し、一つにまとめるという作業は、それぞれの作品と向き合った当時の自分を見つめ直すという経験でもあり、新鮮で、気恥ずかしくもあった。共に悩んでくださった編集者のイ・ソニョプさん、美しい推薦の辞を寄せてくださった作家のペク・スリンさん、元気でいるかいつも気になるイ・ダヘ記者、解説を執筆してくださった評論家のチョン・ギファさんに感謝を申し上げる。チェ・ジミンさんの素敵なイラストを表紙に使わせていただき、ちょっぴり自慢したい気分だ。

同名の短編も収録され、てんでばらばらの作品を一つにつなぎあわせられるということもあって、『他人の家』をこの短編集のタイトルにした。いっとき私が映画のタイトルとしても提案していたものだ。正直な話、『他人の家』というタイトルは、よほどのことがない限り、小説や映画、さらには美術作品や詩につけてもおかしくない、どこにでも使えるタイトルではないかと思う。芸術とは結局、私にとっては、他人、すなわち自分とは別個の人々の人生を描き、見つめる行為でもあるからだ。

資本とは縁遠い形態の芸術であればあるほど、作品中の個人は、より大切にこまやかに扱われる。それゆえ、つねに役に立つかどうかといった、有用性を問われる文学が淡々と口を閉ざしているというのは、文学の立場からすれば、そういった質問こそが何の役にも立たない、無礼な質問であるということなのだろう。

私たちは異様な時代を生きている。感染症が蔓延（まんえん）する世の中、すべての人々の行動や考え方が同じでなくてはならないという、画一性に向かう動きが一層、人々を大きく呑（の）み込みつつあるように思う。いわゆる世間の風潮から、少しでも考えが外れようものなら受け入れようとしない大衆が、そうではない人々に服従と謝罪を懲（こ）らしめのように強要する。

ここでの「大衆」とは、すでに実体のない怪物に近いものだ。狙い定めた瞬間に無力な個人へと砕け散ってしまうか、団結すれば図体を巨大に膨らませていくという点で。この怪物は、正義をまとった非理性とニセモノの道徳を武器としてかざし、決して鏡を見ようとしないために、逆に標的にした誰かを怪物に仕立てあげ、打ち負かさなくては気が済まないのだ。

怪物のターゲットにならない方法は、じっと口をつぐんで意見を言わないことだけだ。世の中の風向きが変わるまで、悲しいことに大多数の人は沈黙で身を守り、不条理から目を逸らす。怪物から自らを守るのは仕方がないとしても、自分と他人をじっくり見つめるという行為をなおざりにすることがないようにしよう。そうすれば、自分の宇宙がそうであるように、他人の宇宙の中にも、さまざまな動作原理があるということに気づくことができるから。怪物にならないためだけでなく、誰かと真の意味で通じ合うためにも、たった一人の自分として完全に存在するためにも、他人への視線は、静かな眼差しであるべきだ。文学の行為が、他人の家を、評価することではなく、垣間見る行為だとすれば、本の役目は明らかだ。

本は、私たちを大衆から市民へ、観衆から読者へと導いてくれる。

もちろん、この本は恥ずかしながら、そんな大それたことができるような大層な本ではない。それでも、この本のタイトルが差し出したものを、ときどきでも読者のみなさんが胸に抱いてくれたなら、作家冥利に尽きる。

二〇二一年夏

ソン・ウォンピョン

訳者あとがき

本書はソン・ウォンピョン著『他人の家』（チャンビ、二〇二一）の全訳である。長編小説『アーモンド』（二〇一九）、『三十の反撃』（二〇二一、いずれも矢島暁子訳、祥伝社刊）で本屋大賞翻訳小説部門の第一位を二度にわたり受賞（二〇二〇年、二〇二二年）するなど、日本でもすでに多くの読者を獲得している作家ソン・ウォンピョンの、初の短編集となる。

韓国内外で大きな反響を呼んだデビュー作『アーモンド』、そして『三十の反撃』、『プリズム』（矢島暁子訳、祥伝社、二〇二二）と、作品ごとにがらりと異なる世界を描いてきた著者だが、最近も、四十代後半の中年男性が再起を目指す物語『チューブ』（チャンビ、二〇二二、未邦訳）や、伝説の九尾狐の少女を主人公にした児童書『威風堂々キツネの尻尾』（チャンビ、二〇二一～、未邦訳）シリーズを刊行するなど、作風やジャンルにとらわれない旺盛な執筆活動を続けている。

これら長編と並行して短編小説も発表されてきたが、本書にはデビューから二〇二一年までに書かれた八つの作品が収録されている。原書には文芸評論家の田己和（チョンギファ）による十八ページに及ぶ解説が併収されているが、まずは作品への理解を深めてくれるその一部を引用し、作品ごとに紹介したいと思う。

「四月の雪」
――読者は小説の最後に「歓迎してくれるんじゃないかって、そう信じたかった」一心で韓国に来たマリのほうこそが、切実に好意を求めてさまよっていた状況だったことを新たに知り、マリがもたらした「プレゼント」を少し違う意味に解釈することになる。「信じたい気持ち」と「信じること」は違う。前者には切実さが、後者には確信が宿っているからだ。だが、ときに確信がなくても「信じたい」というその切実さに縋（すが）り、信じるほうへとシフトしていく人もいる。ひょっとすると、マリが彼ら夫婦にプレゼントしたのは、一瞬にしてすべてがよくなる奇跡ではなく、少しでもよくなりたいという、その強い気持ちだったのかもしれない。

「怪物たち」
――この作品は怪物のような双子についての小説、女が産んだが女が理解できない恐ろしい他人についての小説として読める。だがこの小説を少し違ったふうに読むことも可能かもしれない。双子の息子が彼らの父親を殺したという確かな証拠はどこにもない。もしかすると読者が不気味に感じる本当の理由は、双子を怪物として見る女の視線に起因しているのではないか。

「ｚｉｐ」

——ヨンファは「家」という単語の頑なさを嫌っていたというのに、ギハンと結婚して新しい家庭を築き、その決断をつねに後悔し、また「脱出」を夢見てきたというのに、自ら築き上げた家を守り抜く。家の亀裂を閉じる者が、結婚生活を送りながらつねに脱出を夢見てきたヨンファだという事実は、アイロニーにも感じられる。

「アリアドネの庭園」　※本作邦訳はアンソロジー『私のおばあちゃんへ』（橋本智保訳、書肆侃侃房、二〇二一）にも収録。

——「アリアドネの庭園」は、まだ来ぬ未来の社会を扱ったＳＦ小説だ。だが小説の至るところに散りばめられた、低出生率、高齢化、単身世帯に対する差別、性差別、外国人嫌悪、不安定就業、世代間の葛藤、若い世代の剝奪感、高齢者世代への嫌悪などは、私たちにとってあまりにも馴染みがあるものだ。この小説が描きだす「未来」とは、今韓国で生きている誰もがじつは知っている韓国社会のいくつもの面が増幅され、反映された空間であり、社会の構成員である私たちの内面で振動している嫌悪の周波数が極大化された空間にほかならないからだ。

「他人の家」

――住居問題が人間にとって最も基本的な人権の問題であると同時に、韓国社会で階級を再生産する富の世襲と強力に結びついているという事実は、述べるまでもない。毎週急騰していくマンション価格の前で恋人と別れ、教員採用試験の準備をしながら英語幼稚園の相談員として働き、今は部屋の新たなオーナーによって今後のなりゆきを運命づけられる「私」にとって、不甲斐(ふがい)なさと不安しか頼れるものはなく、それらを未来に向けた楽観的な意志へと切り替えることのみが「最善」の自己啓発だ。

「箱の中の男」

――この作品は単独で読んでもいいが、作家の長編小説『アーモンド』との連続性の上で読むことができる小説でもある。男が目撃した殺人事件が『アーモンド』のユンジェが経験した事件であり、二人が葬儀場で言葉を交わす場面で、二つの小説の世界は重なり合いながら展開する。だが何より『アーモンド』のユンジェと男のどちらもが、他人の手を握ることで変わっていく人物だという点で、二つの小説の世界観は似ている。厭世(えんせい)や冷笑のほうに傾きがちな心を引っ張る力は、他人の存在に起因すること、そうして世の中がさらに悪くならないよう引き留めるのは、他でもない「互い」の存在であるという信念を二つの小説は共有している。

「文学とは何か」

――小説の冒頭に戻ると、二人のうちユンソクだけが書き手として残っていない点、十年以上の時間が必要だったが、結局ボラもまた書きはじめたという点は、重要に思える。書かないと誓ったボラが書く人に変わったという事実、これはそのまま同時代の数多くの「ボラ」たちへの慰めや励ましとして読めるからだ。亡霊に捕らわれることなく、自分自身を直視する者だけが持つピュアでまっすぐな強さに期待を寄せたい読者もまた、きっと彼らのすぐそばで声援を送り続けるだろう。

「開いていない本屋」

――自分の固有のリズムを壊した、押しかけて来てしまった他人の存在をありのままに認める店主の姿勢によって、この小説には、不意の出来事が起こるかわりに不可解なハーモニーが生まれる。そのことによって客は店主のリズムを妨げる存在ではなく、変奏させた存在に、あるいは各自の場所で和音を重ねていく協演者として位置することになる。そうして物語は、別れたあとにも音楽の中にそれぞれのハーモニーを溶け込ませた二人を、知らぬままにすでに何かを共にしている二人を描き出す。何も不思議ではないというように。重要なのは、過去についての詳しい話や未来の再会の確実な約束などではなく、私たちが知らないだけで、じつはいつも共にいるという、この単純で確かな事実であるというように。

手触りやスタイルが驚くほど異なる、読み応えのある多彩な八つの短編は、どれも私たちへの問いかけに満ちている。例えば「アリアドネの庭園」で、アリアドネとはギリシャ神話の登場人物で、その逸話から〈アリアドネの糸〉は難問解決の鍵を意味するが、この近未来の重苦しさは、過去として位置づけられる現在にそれを問うている。

「これは、ではない」から改題された「文学とは何か」は、ミシェル・フーコーとルネ・マグリットの「これはパイプではない」との関連が示されるように、真実とは、という問いに近づこうとするような、入り組んだ構成の異色の作品である。過去のインタビューで著者は「自分の内面の告白にはあまり関心がない」と語り、作品に自身を投影しないようにしているようだが、『アーモンド』の「作者の言葉」で、満たされた環境で育ち、作家への適性がないと自信をなくした時期もあった、と述べるくだりを読むと、この作品の〈ボラ〉と著者が重なっても見えてくる。著者自身もかつてボラのような存在だったなら、私たちの問いや逡巡もきっと無駄ではないだろう。

「開いていない本屋」は、ソウル国際ブックフェア来場者向けのアンソロジー『書店』に発表された短い不思議な作品である。二人の関係性を問うのをしばしやめ、本屋という舞台に目を転じてみたとき、読み手にも、また別の扉が開かれるかもしれない。

この短編集についての新聞各紙のインタビューで、著者は「自分だけでなく他の世界にも視線を向ければ、逆に自分が深まっていくということを伝えたい」と語っている。各短編には、家が象徴するような安全地帯を求める人たちや、そこから一歩進み出ようとする人たちが出てくる。その行為は、それぞれの在り方を認めることでもあり、つながりを求めることでもある。そのどちらも守ろうとする著者は、無数に存在する他人の家の扉を開け、そこにいる彼らの姿をただ私たちに見せてくれる。

ソン・ウォンピョン作品の魅力の一つに、その豊かな語彙力を自由自在に軽やかに駆使し、独特の表現を随所に織り交ぜながらも、見事に明快さを生み出している点が挙げられる。どんな文章を書きたいかという質問に対し、著者はオンライン書店のインタビューでこんなふうに答えている。「正確な文章を書きたいんです。辞書的な意味ではなく、あくまでも主観的な正確性という意味での。独創的でありながらぴたりと合うような。型にはまっていないのに極めて明らかだというような。独創性と明確さは一見、合致しなそうな単語だけれども、運よく二つがうまく合わされば、優雅でシンプルな結果が生まれるのです」。著者の作品を翻訳してみると深く頷（うなず）かされる言葉だ。ソン・ウォンピョンはその優（すぐ）れた筆力で、私たちに問いかける。他人に、社会に、自分自身に、つねにどんな視線を向けているのか、と。

　表紙を開くとすぐに目に飛び込んでくる著者のサインは、日本の読者のために寄せられたもので「本を読む社会を夢見て」という言葉が添えられている。人と出逢うことは好きだが、伝えたいことはすべて作品に込めているという、あくまでも本の力を強く信じる、著者の声をこの短編集からも感じ取っていただけたらと願う。

　最後に、こちらからの質問に大変親切で温かい回答をくださったソン・ウォンピョンさんに拝謝申し上げる。ソン・ウォンピョンさんの既刊の全邦訳作品を担当されている、祥伝社文芸出版部の中川美津帆さんのこまやかなサポートにも心より感謝を申し上げるとともに、本書に携わるすべての方々に深い謝意を表したい。

二〇二三年　冬

吉原育子

収録作品　発表誌

収録作品	発表誌
四月の雪	『創作と批評』二〇一七年冬号
怪物たち	『モンスター　真昼の影』(ハンギョレ出版、二〇二〇)
ｚｉｐ	『子音と母音』二〇一八年秋号
アリアドネの庭園	『私のおばあちゃんへ』(タサンブックス、二〇二〇)
他人の家	『創作と批評』二〇二一年春号
箱の中の男	『二つめのエンディング』(チャンビ、二〇二一)
文学とは何か	『Ａｘｔ（アクスト）』二〇一八年一・二月号、「これは、ではない」として発表。
開いていない本屋	ソウル国際ブックフェア　リミティッドエディション『書店』(二〇一八)

略歴

著者　ソン・ウォンピョン（孫元平）

ソウル生まれ。西江（ソガン）大学で社会学と哲学を学び、韓国映画アカデミーで映画演出を専攻。多数の短編映画の脚本、演出を手掛け、「シネ21映画評論賞」、「科学技術創作文芸・シナリオシノプシス部門」を受賞。二〇二〇年には長編映画監督作品『侵入者』（邦題『食われる家族』）が公開された。

文壇デビュー作となった長編小説『アーモンド』（二〇一七）は、第十回チャンビ青少年文学賞を受賞。続いて出版された『三十の反撃』（二〇一七）は、第五回済州4・3平和文学賞を受賞している。他に、『プリズム』（二〇二〇）、『チューブ』（二〇二二）、児童書『威風堂々キツネの尻尾（一）、（二）、（三）』（二〇二一、二〇二二、二〇二二）がある。

邦訳版『アーモンド』（矢島暁子訳、祥伝社）で二〇二〇年本屋大賞翻訳小説部門第一位を、続く邦訳版『三十の反撃』（矢島暁子訳、祥伝社）で二〇二二年本屋大賞翻訳小説部門第一位を受賞。

訳者　吉原育子（よしはらいくこ）

新潟市生まれ。埼玉大学教育学部音楽専攻卒業。成均館大学などで韓国語を学ぶ。韓国文学翻訳院短期集中課程修了。主な訳書に、ペク・オニュ『ユ・ウォン』（祥伝社）、ファン・ヨンミ『チェリーシュリンプ　わたしは、わたし』、キム・ソンジン『お母さん取扱説明書』、パク・ミンギュ『亡き王女のためのパヴァーヌ』、イ・ソユン、ホン・ジュヨン『Ｔｈｅ　Ｈａｖｉｎｇ　富と幸運を引き寄せる力』などがある。

あなたにお願い

この本をお読みになって、どんな感想をお持ちでしょうか。次ページの「１００字書評」を編集部までいただけたらありがたく存じます。個人名を識別できない形で処理したうえで、今後の企画の参考にさせていただくほか、作者に提供することがあります。

あなたの「１００字書評」は新聞・雑誌などを通じて紹介させていただくことがあります。採用の場合は、特製図書カードを差し上げます。

次ページの原稿用紙（コピーしたものでもかまいません）に書評をお書きのうえ、このページを切り取り、左記へお送りください。祥伝社ホームページからも、書き込めます。

〒一〇一—八七〇一　東京都千代田区神田神保町三—三
祥伝社　文芸出版部　文芸編集　編集長　坂口芳和
電話〇三（三二六五）二〇八〇　www.shodensha.co.jp/bookreview

切りとり線

◎本書の購買動機（新聞、雑誌名を記入するか、○をつけてください）

＿＿＿新聞・誌の広告を見て	＿＿＿新聞・誌の書評を見て	好きな作家だから	カバーに惹かれて	タイトルに惹かれて	知人のすすめで

◎最近、印象に残った作品や作家をお書きください

◎その他この本についてご意見がありましたらお書きください

100字書評

他人の家

住所

なまえ

年齢

職業

他人の家

令和5年2月20日　初版第1刷発行

著　者　ソン・ウォンピョン
訳　者　吉原育子
発行者　辻　浩明
発行所　祥伝社

〒101-8701
東京都千代田区神田神保町3-3
☎03(3265)2081(販売部)
☎03(3265)2080(編集部)
☎03(3265)3622(業務部)

印　刷　萩原印刷
製　本　積信堂

ISBN978-4-396-63638-8 C0097　Printed in Japan
祥伝社のホームページ・www.shodensha.co.jp

祥伝社の韓国文学

四六判文芸書

アーモンド

二〇二〇年本屋大賞翻訳小説部門第一位！
「感情」が分からない少年の、感動の成長物語。

ソン・ウォンピョン著　矢島暁子訳

三十の反撃

二〇二二年本屋大賞翻訳小説部門第一位！
非正規職の三十歳、キム・ジヘに訪れた心の変化とは。

ソン・ウォンピョン著　矢島暁子訳

プリズム

過去の傷や闇を抱えた四人の男女。出会いを通して成長してゆく
彼らの姿を繊細に描いた、大人のための恋愛小説。

ソン・ウォンピョン著　矢島暁子訳

ユ・ウォン

『アーモンド』を生んだ「チャンビ青少年文学賞」受賞作品。
苛酷な運命を背負った少女の軌跡を描く、希望の物語。

ペク・オニュ著　吉原育子訳